KB150691

역
천
도

逆天道

목차

17장 — 의천맹에 도착하다

"그 전에 몸으로 깨닫게 해 주지. 네놈들이 오늘 누구를 건드렸는지!"

단천호가 번개처럼 그들에게 돌진해 들어갔다.

"미쳤군."

제갈남운은 비릿한 미소를 지었다.

그동안 오대세가의 이름에 대항했던 자들이 얼마나 많았던가?

그 많은 세월 동안 그들을 짓누르고 섰기에 지금의 오대세가가 있는 것이다. 그 사실을 눈앞의 저 멍청한 놈에게 충분히 알려 줄 필요가 있다.

제갈남운은 앞으로 한 발 나섰다.

"멈춰라."

제갈남운은 담담히 말했다. 그는 단천호가 멈출 것을 믿어 의심치 않았다.

그것이 바로 오대세가가 가진 보이지 않는 힘이다.

하지만 단 한 가지 착오가 있었다.

그의 상대가 단천호라는 사실이다.

단천호의 능력이 대단하기 때문에?

결단코 그런 것은 아니었다.

평소에는 계산적이고 이런저런 생각을 하지만 한번 터져 버리면 단순 무식의 극치를 달리는 단천호였다.

그런 단천호에게 걸린 것이 제갈남운의 불행이었다.

단천호는 악귀 같은 얼굴로 제갈남운에게 달려들었다.

"멈추……."

퍼억!

단천호의 주먹은 제갈남운의 말을 끊으며 경쾌하게 제갈남운의 우측 광대뼈에 틀어박혔다.

"끄아아악!"

제갈남운이 허공을 붕 날아 바닥을 데굴데굴 굴렀다.

"평생 명령만 하고 살더니, 말만 하면 누구나 다 들어줄 걸로 알았나?"

남궁의룡을 위시한 소가주들은 할 말을 잃었다.

이건 미쳐도 단단히 미쳤다.

그러나 그것은 단지 시작이었다.

단천호의 눈이 차갑게 빛났다. 그의 주먹이 움켜쥐어지며 듣기만 해도 섬뜩한 뼈 소리를 만들어 냈다.

단천호가 쓰러져 있는 팽성의 멱살을 잡아 허공으로 치켜들었다.

"다시 한번 말해 봐라."

팽성의 눈이 의문으로 물들었다.

"아까 네가 했던 말, 그대로 다시 한 번 말해 보라고."

팽성은 아무 말도 할 수 없었다. 아니, 아까 전에 무슨 말을 했는지도 기억나지 않았다. 그냥 기분 나쁘라고 뱉은 말 하나하나를 어떻게 다 기억하겠는가.

"첩의 뱃속?"

퍼억!

단천호의 주먹이 팽성의 뱃속을 강하게 파고들었다.

"끄어억!"

팽성은 입을 쩍 벌린 채 입가로 침을 길게 흘렸다.

그의 얼굴만 보아도 그가 얼마나 고통스러운지 알 수 있을 것이다.

"넌 말을 무척 쉽게 하는군."

단천호의 주먹이 팽성의 턱을 후려쳤다.

퍼억!

"그렇다면 그 주둥아리가 없다면 어디 가서 함부로 말

을 하고 다니지 않을 테지?"

쾅!

단천호의 주먹이 다시 팽성의 얼굴을 후려쳤다.

팽성은 죽은 듯이 축 늘어졌다.

"으아아아!"

단천호를 향해 어느새 정신을 차린 당비가 미친 듯이 달려들었다.

"개자식!"

당비의 손이 품 안을 빠르게 찔렀다가 마치 긴 시위를 당겼다 놓듯이 탄력적으로 허공을 점했다.

촤아악!

허공으로 검은 모래가 자욱이 뿌려졌다.

사천당가의 비전 암기인 단혼사(斷魂沙)였다.

"지랄을 한다."

단천호의 두 손이 들렸다.

그러자 곤(坤)의 기운이 운용된 단천호의 손 위에 당비가 뿌린 모래가 남김없이 모여들었다.

"독을 좋아하는 모양이군."

단천호의 신형이 일순 사라졌다.

사라진 그의 신형은 당비의 등 뒤에서 나타났다.

덥썩.

단천호가 당비의 목을 움켜잡았다.

"끄으으으윽!"

당비는 목이 조이자 입을 벌리며 필사적으로 단천호의 팔을 움켜잡았다.

"독을 좋아하는 모양이니, 네게 주지."

단천호는 손에 들고 있던 단혼사를 당비의 입안에 부었다.

"커헛!"

당비는 단혼사가 입안으로 넘어오자 필사적으로 그것을 뱉어 내려 했다. 하지만 단천호가 목을 잡고 있는 상황에서는 쉬운 일이 아니었다.

"컥! 커어억!"

이내 당비가 입안 가득 게거품을 물기 시작했다.

"즐겁나?"

단천호는 싸늘히 웃으며 당비를 바라보았다.

그리고 천천히 손을 풀었다.

콰당!

바닥을 구른 당비가 떨리는 손을 필사적으로 품 안에 집어넣었다.

해독제를 찾는 모양이었다.

단천호는 당비에게서 눈을 돌려 제갈남운을 바라보았다.

제갈남운은 어느새 몸을 일으켜 당비와 단천호를 번갈

아 쳐다보며 식은땀을 흘리고 있었다.

"뭘 그렇게 생각하지?"

단천호는 미소를 지으며 제갈남운에게 다가갔다.

"머리를 쓰는 것이 제갈세가의 특기였겠지? 이 상황에서의 타개책을 찾아내 봐."

단천호의 도발에도 제갈남운은 아무 말을 하지 못했다. 그가 언제 이렇게 급박한 상황을 겪어 보았겠는가?

"나는 머리 좋은 놈을 책상물림이라고 무시하지 않는다. 그것도 나름 강함의 한 종류지. 문제는 네 머리와 무공, 내 무공 중에 어떤 것이 보다 더 강한가겠지?"

단천호는 결코 서두르지 않고 천천히 제갈남운에게 다가갔다.

"생각해 내. 내가 네 앞에 도달할 때까지, 네 모든 머리를 짜내서 생각해 내. 나를 어떻게 막을 것인지."

단천호는 담담히 말했다.

제갈남운의 턱 끝에서 식은땀이 점점이 떨어져 내렸다.

막는다고?

머리를 써서 이 인간을 막아 낸다고?

웃기지도 않는 소리다.

제갈남운은 절감했다. 압도적인 힘 앞에서는 어떠한 계책도, 어떠한 노력도 아무런 의미가 없다.

"아직인가?"

단천호는 어느새 제갈남운의 바로 앞에 당도해 있었다.

"자, 잠시만!"

"늦어."

퍼억!

단천호의 주먹이 제갈남운의 복부에 틀어박혔다.

"꺼어억!"

제갈남운은 신음을 토하며 그 자리에 엎어졌다.

장내에 서 있는 자는 이제 남궁의룡과 단천호뿐이었다.

단천호의 눈이 남궁의룡에게로 향했다. 주루에 들어온 이후로 오직 그만이 단가장과 단천호를 무시하지 않았다.

단천호는 받은 것은 몇 배로 돌려주는 성격이었지만 자신에게 피해를 끼치지 않은 인간까지 벌하는 취미는 없었다.

"덤빌 건가?"

절대적인 강자가 약자에게 보이는 여유였다.

단천호 나름의 배려였지만 남궁의룡에겐 다르게 들려왔다.

남궁의룡은 이를 악물었다. 어깨가 부르르 떨렸다.

지금까지 그 누구도 자신의 앞에서 저런 말을 하지 못했다. 그는 대남궁세가의 소가주다. 그가 언제 다른 이가 내려다보는 시선을 감내해 보았겠는가?

계란으로 바위 치기란 것은 알고 있었지만 여기에서 물

러나면 무사가 아닐 것이다.

남궁의룡의 손이 검병을 움켜잡았다.

단천호는 비릿한 시선으로 남궁의룡의 변화를 지켜보았다.

"뽑아 봐."

"……."

남궁의룡의 몸이 부르르 떨렸다.

단천호의 음성은 너무나도 차가웠다.

"나름 명문에서 검을 배웠다는 놈이니 검을 뽑는다는 게 무슨 의미인지는 알고 있겠지."

남궁의룡은 대답하지 않았다. 그러나 그의 몸에서 흐르는 식은땀이 대답을 대신하고 있었다.

"하지만 그걸로는 충분하지 않아."

단천호의 시선이 남궁의룡의 눈을 향했다.

"무슨……."

"검을 뽑기 전에 알아 둬라."

단천호의 몸에서 광폭한 기세가 뿜어져 나가며 남궁의룡의 심장을 조여 갔다.

"내 앞에서 검을 뽑는다는 것이 어떠한 의미인지!"

단천호의 몸에서 나온 기세는 남궁의룡이 평생 처음 당해 보는 것이었다.

알고 있다 해도 막을 수 없을 텐데, 처음 겪어 보는 것이니 그 결과는 뻔했다.

"끄으으으윽!"

남궁의룡이 그 자리에서 서서히 무너지며 바닥을 굴렀다.

단천호는 무심한 눈으로 쓰러진 남궁의룡을 바라보았다.

"검조차 뽑지 못하는 건가."

단천호는 기세를 거뒀다.

더 이상 상대해야 할 가치가 없다. 이런 놈들을 상대로 손을 더럽히는 것마저 수치일 뿐이다.

과거 그는 친히 오대세가의 수장들을 처죽이고 오대세가의 현판을 부셨다.

아무리 다시 살아나 어린 몸이 되었다고는 하나 이런 것들과 드잡이질을 하기에는 수준이 맞지 않는 것이다.

"꺼져라."

단천호는 그들에게서 시선을 거뒀다.

그러나 팽성은 순순히 꺼져 줄 생각이 없는 모양이었다.

"후…… 후회하게 될 거다!"

목소리가 떨려 나오기는 했지만 그 안에 든 뜻만은 결코 떨리지 않았다.

"후회?"

단천호의 시선이 다시 팽성에게로 향했다.

팽성은 단천호와 시선이 닿자 화들짝 놀라서 뒤로 물러섰다.

"후회라고 했나?"

단천호의 목소리에는 웃음기가 묻어났다.

하지만 듣는 이들에게는 웃음이 웃음으로 들리지 않았다.

"그, 그렇다! 내가 가문에 돌아가는 그 순간, 하북팽가의 힘으로 단가장이라는 이름을 세상에서 지워 버릴 테니까!"

작게 시작한 목소리가 마지막에는 고함에 가까워졌다. 자신의 가문을 생각하자 힘이 난 모양이다.

하지만 단천호에게는 가소롭기 그지없는 일이었다.

"해 봐."

"……뭐라고?"

"귀가 먹었나?"

단천호는 입가에 가득 미소를 짓고는 천천히 팽성에게 다가갔다.

팽성은 질린 얼굴로 물러났지만 어느새 단천호는 팽성의 바로 앞에 다가와 있었다.

단천호가 팽성의 얼굴에 바짝 자신의 얼굴을 들이밀었다.

역
천
도

18

"가서 말해. 단가장의 단천호가 너를 이 꼴로 만들었다고. 그리고 세가에 있는 모든 힘을 가지고 달려들어 봐."

단천호의 음성은 너무나도 공포스럽게 팽성의 귀를 파고들었다.

"그 날."

팽성의 눈에 악귀와도 같은 단천호의 미소가 들어왔다.

"팽가는 강호에서 사라지게 될 테니까."

허세다!

팽성은 그렇게 외치고 싶었다. 세상 누가 듣더라도 비웃을 말이다. 누구도 그의 말을 믿지 않을 것이다.

하지만 팽성은 외칠 수 없었다. 그는 단천호의 눈을 보고 있었기 때문이다.

단천호는 결코 거짓을 말하고 있지 않았다. 아무런 동요 없이 차갑게 가라앉은 눈이 똑바로 시선을 마주치고 있었다.

마치 벌레처럼 미약한 존재를 바라보는 눈빛.

그 눈빛을 본 팽성은 느낄 수 있었다.

그가 말하는 것은 이루어질 것이다. 아니, 어떻게든 단천호가 이루어 내고 말 것이다.

팽성은 넋을 잃었다.

"팽가가 나를 막으면 팽가를 부순다."

단천호의 눈이 다른 소가주들을 향했다.

"오대세가가 나를 막으면 오대세가를 부순다."

단천호의 몸에서 흘러나오는 제왕의 기세가 그들의 숨을 틀어막았다.

"막는 것은 부수고 나간다. 간단한 일이지."

누구도 간단한 일이라고 생각하지 않을 것이다. 하지만 단천호는 너무나도 쉽게 그 말을 입에 올렸다.

"해 볼 테면 해 봐. 단."

장내가 침묵에 빠졌다.

"목을 거는 정도로는 끝나지 않을 거다."

단천호는 차가운 시선으로 소가주들을 쏘아보았다.

소가주들은 자신을 바라보는 단천호의 시선을 느낀 순간 온몸이 빙굴에라도 빠진 듯 싸늘히 식는 것을 느꼈다.

"꺼져라. 쓰레기들."

단천호는 그들에게서 시선을 돌렸다.

참을 수 없는 비참함과 굴욕감이 그들의 온몸을 감쌌지만 할 수 있는 것은 아무것도 없었다. 여기서 어설프게 입을 열었다가는 목이 달아날지도 모른다는 공포가 그들을 침묵하게 했다.

그들은 결국 아무런 말을 하지 못하고 주루를 떠날 수밖에 없었다.

"음……."

소가주들이 떠난 후 단천호는 주변을 둘러보며 뒷머리

를 긁적였다.

풍비박산나 있는 주루를 보자 조금 심했나 싶은 생각이
들었다. 물론 오대세가 소가주들에 대한 생각은 아니었다.

"주인장!"

단천호는 크게 주인을 불렀다.

그러자 주방에서 벌벌 떨고 있던 뚱뚱한 중년인이 조심
스레 걸어 나왔다.

"예! 예! 공자님!"

"시비 건건 쟤들이니까 쟤들한테 받아 내."

"예?"

주인 입장에서는 날벼락이었다. 천하의 누가 오대세가
에게 돈을 청구할 수 있다는 말인가.

"걱정 마. 딴 놈은 몰라도 남궁세가에서는 반드시 돈을
줄 테니까."

단천호는 피식 웃고는 주인에게 다시 말을 걸었다.

"그런데 수리해서 다시 주루를 열 생각인가?"

"아……아닙니다. 안 그래도 이제 그만 가게를 접을까
했는데 목돈도 생기겠다, 낙향해야지요."

말은 그렇게 하지만 오늘 본 사태를 감당할 수 없어 도
망갈 생각으로 보였다.

"그래?"

단천호는 잘됐다는 듯 히죽 웃었다.

"낙향이라……. 그런데 그 점소이 교육은 자네가 직접 했나?"

"아닙니다. 우리 집 점소이 놈이 혼자서 생각해 낸 것입니다. 덕분에 가게 장사가 잘되었지요."

"그렇군. 점소이!"

"예아―!"

말이 끝나기도 전에 점소이가 번개같이 다가와 다시금 입을 열었다.

"항상 친절과 봉사로 손님을 모시는 서비수 객잔입니다!"

"크으!"

단천호는 감탄한 듯 눈을 질끈 감고 탄성을 내뱉었다.

"너는 가게가 문 닫으면 어쩔 거야?"

"예? 딱히 생각해 본 것은 없지만 다른 주루로 가야겠죠."

"점소이 생활을 그만할 생각은 없고?"

"저는 제 직업을 천직으로 생각하고 있습니다. 점소이로서 최고의 자리에 서는 것. 그것이 제 목표입니다."

"주루 주인은?"

"예?"

"주루 주인. 점소이의 꿈. 점소이로 시작해서 전국에 수십 개의 주루를 가진 주루 주인으로 성장하는 것이 모든 점소이들의 꿈이자 인생 역전의 교범이 아니겠나?"

"헤헤. 아직은 먼 꿈이죠."

단천호는 고개를 끄덕였다.

"소개장을 써 줄 테니 단가장으로 가라."

"예? 예! 알겠습니다."

대뜸 승낙하는 점소이를 보며 단천호는 기특하다는 듯 점소이의 어깨를 두드리며 크게 웃었다.

이 점소이는 충분히 쓸모가 있었다. 단천호조차 감탄한 영업 정신을 활용한다면 분명 막대한 돈을 벌어들일 수 있을 것이다.

모용가려는 묘한 눈으로 단천호를 바라보았다. 방금 전까지 살기를 줄줄이 뿜어 대며 기세만으로 사람을 죽일 수 있을 것 같던 사람이 이제는 점소이와 낄낄대며 웃고 떠들고 있었다.

어느 것이 그의 진정한 모습인지 이제는 알 수가 없었다.

하지만 어느 것이 진짜 모습이든지 간에 변하지 않는 것이 있었다.

단천호는 단천호이고, 그를 건드리는 자는 결코 무사하지 못할 것이라는 사실이었다.

모용가려와 단천호는 의천맹의 정문에 섰다.

물론 모용가려가 모용세가에 연락해서 의천맹까지 길 안내를 부탁했다는 속사정은 중요하지 않다.

중요한 것은 그들이 드디어 의천맹에 섰다는 것이다.

의천맹은 변화가 없었다.

아니, 과거에 그가 보았던 의천맹이 변화가 없었던 것이라고 해야 하나?

과거와 현재, 그리고 미래가 뒤섞인 단천호는 복잡한 심경으로 의천맹을 바라보았다.

이곳은 그가 화마로 뒤덮었던 곳이다.

그리고 단천호가 죽었던 곳이다.

두근!

두근!

단천호는 손을 들어 자신의 왼쪽 가슴을 움켜쥐었다.

심장이 뛰는 것이 느껴진다.

한 번 사라졌던 심장. 그것이 지금 다시 뛰고 있다.

단천호의 눈이 차갑게 가라앉았다.

그는 한 번 죽었다. 그리고 그를 죽인 자가 세상에 숨을 쉬고 있다.

억눌러 왔던 사실이 다시금 살아났다.

신의 장난? 아니면?

아무래도 상관없다.

기억해야 할 사실은 그를 죽인 자가 아무런 불안감도 없이 세상에 살아 숨 쉬고 있다는 것이다. 그의 존재 자체도 모른 채.

곧 알게 해 줄 것이다. 미래의 악연의 끈이 현재의 세상에 살아 숨 쉬고 있음을.

"무슨 생각을 그렇게 해요?"

모용가려는 딱딱하게 굳은 단천호의 얼굴을 보고 조심스레 입을 열었다.

"아니다."

단천호는 짧게 모용가려의 말을 끊었다. 설명해 줄 필요도 없고 설명해야 할 이유도 없었다.

"그럼 들어가죠."

"음."

모용가려는 앞장서서 의천맹의 정문으로 걸어갔다.

단천호는 나직하게 한숨을 내쉬고는 모용가려를 따라갔다.

두 번째 오는 의천맹.

새로운 운명과 여정이 단천호를 기다리고 있었다.

"그럼 저는 이만 가 봐야겠어요. 여기까지 왔으니 세가 어른들께 인사를 드려야 하니까요."

의천맹에 들어가자 모용가려가 작별을 고했다.

"잘 생각했다! 어여 가라. 웬만하면 이젠 다시 보지 말자."

단천호는 진심을 담아 말했다.

그러나 모용가려는 싱긋이 웃으며 단천호의 말을 받았다.

"재미 없는 농담이네요."

"농담 아니거든?"

"재미 없다니까요."

단천호는 고개를 설레설레 저었다.

자신이 단천호에게 한 짓은 생각하지 않는 건가?

의천맹으로 오는 길에 모용가려가 저지른 일들을 생각하면 아직도 머리에서 김이 솟는 단천호였다.

뻔뻔함도 저 정도면 국보급이었다.

"여하튼 일단 저는 세가에 갔다가 따로 연락할 테니, 그때 봐요."

"연락하지 마!"

모용가려는 혀를 쏙 내밀고는 단천호를 남겨 두고 가 버렸다.

단천호는 고개를 절레절레 저으며 비호당으로 향했다.

의천맹에 연줄이라고는 존재하지 않는 단천호가 유일하게 비빌 언덕이 비호당이었다. 더구나 아버지도 의천맹에 가면 비호당을 찾으라고 했다.

비호당에 도착하여 간단한 수속을 마치자, 바로 비호당주에게로 안내되었다.

"어서 오세요."

단천호는 조금 놀란 듯 눈을 살짝 크게 떴다.

비호당주는 의외로 무척 젊어 보이는 여인이었다.

아버지가 집에 돌아왔으니 새로운 비호당주가 임명될 건 알았지만 이토록 젊은 여인이 후임일 거라고는 생각하지 못했다.

"화소소입니다."

비호당주는 입가에 미소를 지으며 단천호를 맞았다.

"단천호입니다."

단천호는 포권하며 인사를 건넸다.

화소소는 미소로 그의 인사에 화답하고는 자리를 권했다.

단천호가 자리에 앉자 바로 화소소의 말이 시작되었다.

"전(前) 비호당주님께 전언을 받았습니다. 연씨세가의 일 때문에 오셨다구요?"

단천호는 고개를 끄덕였다.

꽤 빠르게 왔다고 생각했는데 이미 전서구가 도착해 있

었던 모양이다.

화소소의 표정은 그리 밝지 않았다.

"단 장주님께서 잘 생각하셨겠지만 연씨세가의 가주인 연극쌍은 그리 만만한 사람이 아니에요."

단천호의 눈가가 조금 꿈틀거렸다. 지금 화소소가 하고 있는 말은 연 가주를 상대하는 데 왜 어린아이를 보냈냐는 책망이었다.

"알고 있습니다."

화소소는 고개를 가로저었다.

"세간에서 알고 있는 연 가주는 진정한 그의 모습이 아니에요. 그는 중소 문파에 불과했던 연씨세가를 단숨에 오대세가에 필적하게 키운 것은 물론 의천맹에 단 셋뿐인 전주 자리를 꿰어 찬 인물이에요."

단천호의 입가에 미소가 감돌았다.

"평생 걸려서 그 정도라면 그리 대단한 인물은 아니란 말이지요."

화소소는 빤히 단천호를 바라보았다.

단천호는 피하지 않고 화소소의 시선을 맞받았다.

"휴우!"

먼저 시선을 돌린 것은 화소소였다.

화소소는 길게 한숨을 내쉬며 고개를 돌렸다.

"젊다는 건 좋은 거예요. 패기가 있거든요."

'젊어?'

단천호는 피식 웃었다. 새파란 계집아이가 단천호를 젊다고 말하고 있었다.

겉으로 보이기야 어리겠지만 과거의 삶에서 제때 장가를 갔다면 저만 한 딸이 있어도 이상할 것 없지 않은가.

단천호는 화소소의 말을 무시했다.

"내가 알고 싶은 건 간단하오. 연극쌍과 만날 시기. 그리고 장소."

단천호는 이 의미 없는 대화를 오래 지속할 마음이 없었다.

화소소는 조금 차가워진 목소리로 말했다.

"장소와 시기는 아직 정해지지 않았어요. 이렇게 일찍 도착할지는 몰랐으니까요. 오늘이라도 연통을 넣으면 시기가 정해질 겁니다."

"그럼 부탁하오."

단천호는 자리에서 일어났다.

"잠시만요."

그런 단천호를 화소소가 만류했다.

"또 할 말이 있소?"

"단 장주님께 어떻게 설명을 들었는지 모르겠지만 협상이란 게 그리 간단한 게 아니에요. 아무리 맹주께서 중재를 하신다고 해도 무림의 일이 그렇듯 힘이 없는 쪽은 주장을 할 수 없으니까요."

단천호는 고개를 끄덕였다.

"그 말을 연 가주에게 해 주면 되겠군."

화소소가 자리에서 벌떡 일어났다.

"정말 안하무인이군요. 당신은 단가장이 정말로 연씨세가와 적대해서 무사할 거라 생각하는 건가요?"

단천호의 시선이 조금 가라앉았다.

"하고 싶은 말이 뭐요?"

화소소는 한숨을 쉬었다.

"제게 무례한 것은 괜찮아요. 하지만 연극쌍 대협 앞에서도 이런 태도를 보인다면 이번 협상은 결코 쉽지 않을 거예요."

"협상?"

단천호는 입꼬리를 말아 올렸다.

협상이라…….

"뭔가 착각하고 있는 모양인데……."

화소소의 얼굴이 의문으로 물들었다.

"나는 애초에 협상 따위를 하기 위해서 여기에 오지 않았소."

"그럼……."

"내가 하고자 하는 것은 경고. 감히 단가장을 건드린 연가에 대한 경고요."

"······."

"생각 같아서는 연가의 쥐새끼들을 싸그리 잡아 죽여 버리고 싶지만······."

연극쌍은 아버지의 장인이 된다.

다시 말하자면 배분은 조금 꼬이지만 단천호에게는 외조부가 되는 것이다.

"한 번은 참아 줬지. 그러나 두 번은 없소."

단천호의 목소리는 무미건조했다.

화소소의 등을 타고 차가운 기운이 흘렀다.

그녀의 입장에서 보자면 어린아이가 하는 철없는 말이다. 아직 세상이 어떤지도 모르고, 가문 밖으로는 이번에 처음 나온 새파란 애송이의 말이었다.

하지만 화소소는 단천호의 말을 단순한 애송이의 말로 치부할 수 없었다. 머리로는 그렇게 생각할 수 있었지만 몸은 머리를 따라 주지 않았다.

"하지만 단가장의 전력으로는 연씨세가를 당해 낼 수 없어요."

단천호의 시선이 화소소를 똑바로 바라보았다.

"비호당주란 고작 그 정도의 자리인가?"

"······예?"

화소소는 기가 막혔다.

그녀로서는 호의를 담아 한 말이었다. 객관적으로 보아

서 단가장은 결코 연씨세가의 적수가 되지 못했다. 연씨세가의 삼 개 대 중 하나의 대만 나서도 단가장은 몰살을 당하고 말 것이다. 그런데 단천호는 오히려 다그쳐 왔다.

"각 문파의 전력조차 파악하지 못하는 자가 비호당주라는 자리를 맡고 있는 것인가? 의천맹도 썩을 대로 썩었군."

단천호의 조소에 화소소는 발끈했다.

무례해도 너무나 무례하다. 의천맹에 들어와 있으면서 의천맹이 썩었다고 쉽게 말하는 것도 무례했지만 당사자를 앞에 두고 태연히 저런 말을 한다는 것은 무례를 넘어선 행위였다.

"단가장은 호의를 이런 식으로 받나요?"

단천호의 얼굴은 여전히 미소 짓고 있었다.

"호의?"

하지만 화소소는 그의 미소가 더 이상 웃는 걸로 보이지 않았다.

저건 미소라고 하기에는 너무나 섬뜩했다.

"단가장은 호의에 호의로 답하지."

"그런데……."

"하나 과한 호의는 오히려 무시가 될 수 있는 법."

"……."

"단가장은 그런 호의를 받을 정도로 나약하지 않다."

화소소는 아무 말도 할 수 없었다. 어린아이가 자존심에 가득 차서 내뱉었다고 생각해도 될 말이었다.

그런데 이상하게 반박할 수 없었다. 논리에서 뒤졌다기보다는 단천호의 말이 가지는 무게감에 질렸다고 하는 것이 맞을 것이다. 아무 것도 아닌 말 한마디 한마디였지만 단천호의 입에서 나온 말은 쉽게 들리지 않았다.

화소소는 말없이 단천호를 바라볼 수밖에 없었다.

"너희 의천맹도 똑똑히 봐 두는 것이 좋을 것이다."

단천호는 몸을 일으켰다.

"곧 단가장의 이름이 의천맹의 위에 서게 될 것이니까."

단천호는 차갑게 미소 지으며 방을 나섰다.

탁!

문이 닫히는 소리가 들리며 방 안에 정적이 감돌았다.

화소소는 자신의 손바닥을 내려다보았다. 어느새 손바닥 한가득 식은땀이 고여 있었다.

'왜?'

왜 이렇게 긴장한 것인가. 그저 말 몇 마디를 나눴을 뿐인데 며칠간 잠도 자지 못한 것 같은 피로가 몰려오는 이유는 뭘까?

화소소는 등받이에 깊게 몸을 기댔다.

'단천호.'

화소소는 오랫동안 단무성을 봐 왔다. 그렇기에 단가장에 대해서 어느 정도 안다고 생각했었다.

단가장의 둘째가 온다는 말을 들었을 때도 대수롭지 않게 생각했다. 단무성 같은 사람의 자식은 결코 걸출하지 못하기 마련이니까.

하지만 단천호는 단무성과는 너무나도 달랐다. 정말 자식이 맞는가 의심스러울 정도로 모든 것이 달랐다.

단무성이 부드러운 포용력으로 사람들을 이끈다면 단천호는 패기와 힘으로 사람을 압박한다.

어느 쪽이 위라고 쉽게 말할 수 없다.

하지만 화소소는 단무성과 함께 일을 할 때는 이처럼 피로감에 지친다거나 긴장해 본 적이 없었다.

패황의 기질.

단천호는 그것을 가지고 있었다.

'어쩌면……'

단천호는 아직 어리다. 그러므로 그의 말은 아직 치기에 지나지 않을 것이다.

하지만 시간이 주어진다면, 단천호는 자신의 말을 진실로 바꿔 버릴지도 모른다.

화소소는 그렇게 생각했다.

18장 —

비
무
를
정
하
다

단천호는 나른한 오후의 햇살을 받으며 한껏 늘어졌다.

　연극쌍과의 회담 시간이 남아 있는 지금, 단천호로서는 딱히 할 일이 없었다.

　의천맹에 좋은 기억이 없는 단천호가 의천맹의 이곳저곳을 둘러보고 다닐 수도 없는 노릇이었으니, 그가 할 수 있는 것은 방 안에서 휴식을 즐기는 것뿐이었다.

　단천호는 상념에 빠졌다.

　의천맹이라는 장소는 단천호에게 많은 생각을 하게 만들었다. 이곳은 그의 삶이 끝난 장소이자 모든 것이 다시 시작된 장소이다.

　단천호는 자신이 죽었던 그 순간을 떠올렸다. 그리고

그 뒤에 벌어진 새로운 삶을 생각했다.

'운이 좋았지.'

머릿속의 결론은 하나였다.

죽음. 그 뒤에 벌어진 새로운 삶.

그 삶은 단천호가 생각해도 행운의 연속이었다.

만약 조금이라도 시기가 어긋났다면 연가가 쳐들어왔을 때, 그들을 막아 낼 수 없었을 것이다. 적절한 시기에 적절한 무공을 만들어 냈다는 것도 축복받은 일이었다.

물론 단천호는 이 부분을 운이라고 생각하지는 않았다. 몇 번을 다시 살아나더라도 단천호는 본래의 무위를 되찾기 위해서 애썼을 것이다.

하지만 낙양으로 오면서 벌어졌던 일은 정말로 천운이라고 하지 않을 수 없었다.

만약 단천호가 과거의 녹림왕을 만나지 못했다면 절대 이무기의 내단을 얻지 못했을 것이다. 그 천운이 지금의 단천호를 만들어 냈다.

강호에서 무공이란 것은 단순히 강함을 의미하지 않는다.

무공이란 선택권을 말한다.

단천호가 원래의 무공 수위를 되찾지 못했다면 오대세가의 건방진 소가주들이 그를 무시했을 때에 참는 것 이외에는 방법이 없었을 것이다. 그 이전의 무위라면 절대 오대세가를 감당할 수 없었을 테니까.

하지만 단천호는 무공을 되찾았다. 그렇기에 스스로 하고 싶은 것은 할 수 있었고, 선택할 수 있었던 것이다.

"행운이지. 녹림왕을 만난 것도. 이무기를 발견 한 것도. 그리고 이무기를 쓰러뜨린 것까지."

그중 가장 큰 행운을 고르라면?

역시나 이무기를 쓰러뜨린 것이었다. 당시의 무위로 이무기를 쓰러뜨린 것은 천운에 가까웠다. 백 번 싸운다면 백 번은 몰라도 구십 번은 패할 싸움이었다.

단천호였으니 그 정도로 끝난 것이지 웬만한 무인이었다면 이무기와 마주친 그 순간 이무기의 한 끼 식사가 되고 말았을 것이다.

단무성급의 고수라고 해도 도저히 손을 써 볼 수 없을 만큼 괴물이 아니었던가.

행운.

아니 천운이라고 할 만했다.

"음……?"

깨달음은 느닷없이 찾아온다.

자신의 두 번째 삶에 찾아온 행운에 즐거워하던 단천호의 뇌리에 무언가 스쳐 지나갔다.

"행운이라고?"

단천호는 고개를 들고 자세를 바로했다. 그리고 양손을

입가에 모으고 심각한 표정을 지었다.

왜 지금까지 느끼지 못했을까?

왜 지금까지 생각하지 못했을까?

이 말도 안 되는 상황을 왜 이상하다고 여기지 않았던 것일까?

"내가 죽을 고비를 수십 번 넘기고 겨우 잡아낸 이무기를 녹림왕이 잡는다고?"

모용가려조차 이기지 못했던 허약한 지금의 녹림왕이 이무기를 만나면 어떻게 될까? 아마도 단숨에 삼켜져 이무기 뱃속을 관광하게 될 것이다.

성취가 보잘것없는 대력금강공으로는 이무기의 위액은 물론 이무기의 이빨조차 막아 내지 못한다. 실제로 녹림왕은 모용가려의 검에 상처를 입지 않았던가?

모용가려의 검조차 막아 내지 못했던 대력금강공으로 당시의 광륜을 몇 배나 초월하는 위력이었던 이무기의 몸통 박치기를 막아 낸다?

"이상해."

뭔가 잘 풀린다고 생각했다. 그런데 지금 작은 부분이 단천호의 손아귀에서 벗어났다.

큰 부분은 아니다.

절대 큰 부분이라고는 할 수 없었다.

상식이라는 측면에서 생각해 본다면 녹림왕은 이무기를

꼭 만나지 않았어도 된다.

단천호가 그러려고 했던 것처럼 작은 연못인 줄 알고 돌아갔다가 나중에 정말 만년화리를 잡아먹을지도 모르는 일 아닌가?

그렇게 생각하는 것이 타당했다.

그리고 그럴 가능성이 없는 것도 아니었다.

하지만 단천호는 불길한 예감이 자신의 가슴을 파고들어 오는 것을 느꼈다.

"뭔가……."

모든 것이 너무나 완벽할 정도로 맞아떨어지고 있다. 다시 태어났으니 남들보다 빠르게 치고 나갈 수는 있겠지만 이건 정도가 조금 심했다.

행운.

이것이 단순히 행운이라고 불러야 할 정도의 일인가?

사실 가만히 생각해 보면 단천호가 다시 태어나면서 얻은 이득은 그렇게 많지 않았다.

무공. 그리고 정보.

무공이야 그렇다고 치더라도 정보라는 측면에서는 이득 본 것이 거의 없었다.

연가가 단가장을 노린다는 것도 새로운 삶에서 안 것이고, 유일하게 이득을 본 것은 녹림왕을 만남으로써 이무기를 발견했다는 것뿐이다.

그런데 그것이 이처럼 틀어지게 된다면?

단천호는 새로운 삶을 살면서 어떤 측면을 앞서 나간 것인가?

"앞서 나가는 것은 당연하다. 하지만 과도하게 앞서 나갔다."

마치 누군가 그의 앞길을 닦아 놓은 것처럼 쾌속하게 진격해 왔다.

지금까지는 그것이 너무도 당연하게 여겨졌다.

하지만 지금은?

단천호는 자리에서 일어나 창을 열었다.

방금 전까지만 해도 기분이 무척 좋았었는데 이제는 가슴이 답답해져 왔다.

'나는 어떻게 다시 살아난 것일까?'

지금보다는 조금 더 일찍 가졌어야 할 의문인지도 모른다. 너무도 쉽게 두 번째 삶을 받아들였고, 너무도 쉽게 적응했다.

다른 방법이 없었기도 했지만 스스로가 너무 안일했다고 생각했다.

"세상 모든 일에는 인과가 있다."

그렇다면 단천호가 다시 살아나게 된 것 역시 원인이 있을 것이다.

단천호는 조금 더 신중한 입장이 되기로 했다.

"하지만 어떤 경우라도……."

변하지 않는 것.

그건 두 번째 삶은 결코 휘둘리지 않는다는 것.

"난 나로서 세상에 설 것이다."

광천마가 아닌 단천호로서.

단천호는 그렇게 다짐했다.

"불민한 자가 감히 마의 하늘을 뵙습니다."

잔혼마제는 바닥에 머리를 쿵 소리가 나도록 찍었다.

주렴 건너에 보이는 희미한 그림자를 향해 잔혼마제는 그가 할 수 있는 최대한의 경배를 보였다.

"일은?"

주렴 너머에서 나지막한 목소리가 들려왔다.

결코 강압적이지 않고 삭막하지 않은, 어디서나 들을 수 있는 평범한 목소리였다.

"대…… 대계를 위한 후보는 3명 중 하나로 좁혀졌습니다."

"누구지?"

"예. 단가장의 단천호. 남궁세가의 남궁의룡. 그리고 마황가의 적무(赤武)입니다."

"적당한 자는?"

"제 소견으로는 단가장의 단천호가 가장 적당해 보입니다."

"이유는?"

"남…… 남궁세가와 마황가는 강호에 영향력이 높습니다. 그런 곳의 아이를 빼내는 것은 결코 쉽지 않은 일입니다. 빼낸다고 하더라도 그들을 찾는 이목 때문에 운신이 어려워지게 됩니다. 거기다 단천호가 그중 가장 어리고 역혈지체라는 천고의 신체를 타고났기에 발전 가능성이 가장 높습니다."

"제외."

"예?"

"제외한다. 다른 후보로 하도록."

"명을 받듭니다!"

잔혼마제는 다시금 바닥에 머리를 찧었다.

그러면서도 머릿속에서는 의문이 떠나지를 않았다.

왜 단천호를 제외하는 것일까?

아무리 생각해도 혈천의 강호일통을 위한 대계에 어울리는 자는 단천호였다.

나이도 어려서 조종하기 쉬웠고, 누구보다 강해질 수 있었다.

그런데 왜 단천호를 제외하라는 것일까?

생각은 생각일 뿐 잔혼마제는 감히 물을 수 없었다. 그의 앞에 있는 자는 마의 하늘이자 패의 하늘이었다. 감히 그가 질문을 할 수 있는 존재가 아니었다.

혈선.

그의 이름 앞에서는 어떠한 의문도 떠올려서는 안 된다.

그것이 곧 혈천의 법이었다.

얼마 지나지 않아 비호당에서 사자가 왔다.

"맹주님께서 자리를 마련하셨습니다. 늦지 않게 맹주전으로 들도록 하십시오."

"알겠네."

단천호는 간단히 대답하고는 다시 침상에 몸을 뉘었다.

"맹주라……."

머릿속에 육문극의 얼굴이 떠오른다.

과거의 삶, 그 끝에서 단천호는 육문극과 대결했었다.

결과는 단천호의 일방적인 승리로 끝났지만 육문극은 단천호가 만나 본 최고의 강자였다.

오제라고 하더라도 일대일은 물론 이 대 일로도 이기기 힘들 만큼 육문극은 강했다.

단천호의 입가에 미소가 지어졌다.

그날.

육문극은 죽었다.

그리고 단천호도 죽었다.

그렇게 생각하면 꽤나 질긴 인연이 아닌가.

단천호는 천천히 자리에서 일어났다. 이십 년이나 젊은 육문극을 보는 것도 꽤 즐거운 일이 될 것이다.

"반갑다고 인사라도 해야 하나?"

육문극은 자신과 단천호 사이에 얽힌 인연을 모를 것이다. 그러니 단가장의 어린아이로만 단천호를 볼 것이다.

단천호는 이 상황이 너무나도 우스웠다.

"반갑습니다. 매화신검."

맹주가 거하는 곳은 의천궁이라 불린다.

단천호는 의천궁 앞에 서서 거대한 의천궁 건물을 바라보았다. 의천맹에 와서도 이곳은 의식적으로 계속 피했던 곳이다.

단천호가 죽었던 곳.

그곳이 바로 이 의천궁 앞이었다.

단천호는 새삼 가슴이 싸늘해지는 것을 느꼈다.

매번 담담하려고 하지만 죽음의 순간이 떠오를 때마다 심장이 뛰는 것은 어쩔 수가 없었다.

누가 그런 경험을 해 봤겠는가.

단천호는 아무도 이해할 수 없는 감정을 혼자서 삭여야 했다.

"이래서 의천맹은 마음에 들지 않아."

단천호는 혼잣말을 중얼거리며 의천궁으로 걸어갔다.

"용무를 밝혀 주십시오."

의천궁을 지키던 위사가 단천호를 막아섰다.

"단가장의 단천호입니다. 맹주님을 뵈러 왔습니다."

"미리 전갈을 받았습니다. 맹주님께서 기다리고 계십니다. 안으로 드십시오."

절차를 밟은 단천호는 의천궁 안으로 들어갔다.

단천호가 안내된 곳은 맹주의 집무실이 아니라 따로 마련된 다실이었다.

그리고 단천호가 도착했을 때는 이미 의천맹주 육문극과 연씨세가주 연극쌍이 자리에 앉아 있었다.

단천호가 가볍게 인사를 하자 육문극이 자리에서 일어났다.

"어서 오게! 기다리고 있었네."

육문극은 부드럽게 웃었다.

단천호는 육문극의 웃음에 미소로 화답했다.

과거 이곳에서 서로의 목숨을 노렸던 자들이 지금은 서로에게 미소를 보이고 있다.

세상사란 참 우습다고 단천호는 생각했다.

육문극은 푸근한 미소를 지었다.

과거에도 그렇게 생각했지만 인상만으로 본다면 결코 검객으로 보이지 않는 사람이다.

'하지만 검은 날카롭지.'

검으로 따진다면 육문극은 천하에 홀로 우뚝 선 자라고 해도 좋을 것이다.

"미욱하지만 본인이 의천맹의 맹주 자리를 맡고 있는 사람일세."

"단가장의 단천호입니다."

"전 비호당주에게서 말은 많이 들었네."

단천호는 가볍게 고개를 끄덕이는 것으로 맹주의 말을 받았다.

접대성 대화에 계속해서 응해 줄 만큼 단천호는 심기가 편하지 않았다.

일개 당주였던 아버지와 맹주인 육문극이 대화를 자주 나눴을 리도 없거니와 나눴다고 해도 자식 이야기라면 단천호보다는 단천룡에 대한 이야기가 먼저 나왔을 것이다.

더구나 단천호의 시선은 조금 전부터 육문극에게서 벗어나 있었다.

단천호의 시선이 닿은 그곳.

그곳에는 연극쌍이 앉아 있었다.

매화신검 육문극이 훈훈한 옆집 아저씨 같은 인상이라면 연극쌍은 패도(霸道)의 화신과도 같았다.

거칠게 자란 머리카락. 눈썹은 거꾸로 솟아오를 듯 짙게 자라 있었고, 아래턱을 완전히 뒤덮은 수염은 그의 입을 볼 수 없게 만들었다.

그의 몸은 일반적인 무인보다 두 배는 두터워 보였다.

패천도군(霸天刀君) 연극쌍.

하북팽가의 개산도존(開山刀尊)과 함께 천하의 도를 양분한다는 절대의 강자가 지금 단천호의 눈앞에 있는 것이다.

"단무성은 오지 않았나?"

연극쌍은 대뜸 그렇게 입을 열었다.

단천호는 대수롭지 않다는 듯이 대답했다.

"이런 사소한 일에 손수 나서실 정도로 단가장주의 발은 가볍지 않소."

연극쌍의 눈썹이 거칠게 꿈틀거렸다.

"연가 따위는 어린애만으로 충분하다는 것이 단가의 의사인가?"

단천호는 미소를 지었다.

"잘 아는군."

쾅!

연극쌍의 의자가 거칠게 뒤로 넘어갔다.

연극쌍은 금방이라도 도를 뽑아 들 듯한 눈빛으로 단천호를 바라보았다.

"어린놈이 주둥아리를 함부로 놀리는구나."

단천호는 비웃음 가득한 얼굴로 연극쌍을 바라보았다.

어린놈?

꽤 오랜만에 들어 보는 말이다.

"그 쓸모없는 머리에 칼이라도 박아 줘야 상황을 파악할 모양이지?"

연극쌍의 얼굴에 노기가 묻어났다.

그가 누군가.

연씨세가의 가주이자 의천맹의 전주이다!

그 이전에 중소 문파였던 연가를 지금의 위치까지 끌어올린 살아 있는 신화였다.

천하에서 가장 강한 문파 중 하나의 주인이고, 천하에서 가장 강한 자 중에 하나였다.

그가 언제 이런 대접을 받아 보았겠는가.

더구나 그를 무시한 자는 겨우 일개 문파의 후계에 불과하다. 그것도 새파랗게 어린.

"밖으로 나와라 애송이. 내가 친히 네 목을 따 주마!"

"그것도 좋겠지."

단천호도 자리에서 천천히 일어났다.

단천호의 시선은 웃음기를 머금은 채 연극쌍을 바라보

있다.

상황이 이렇게 돌아가니 곤란한 것은 맹주였다.

육문극은 자리에서 일어나 두 사람을 만류했다.

"자자, 일단 화를 가라앉히십시오!"

"맹주! 지금 저 애송이가 나를 대하는 것을 보고도 하는 말이오?"

육문극의 미간이 조금 찌푸려졌다.

"연 가주님."

연극쌍이 맹주를 바라보았다.

"여긴 의천궁입니다."

맹주의 말에 연극쌍이 침음성을 터뜨렸다.

의천궁은 의천맹의 상징이다. 이곳에서 행동을 잘못했다가는 의천맹 전체를 무시했다는 인상을 줄 수 있는 것이다.

"크흠!"

연극쌍은 의자를 세우고 다시 자리에 앉았다.

단천호 역시 자리에 앉았다.

"흠흠!"

육문극은 헛기침을 터뜨려 분위기를 환기시켰다.

"이번 단가장과 연씨세가의 분쟁으로 많은 문파들이 우려를 보이고 있습니다. 그동안 평화로웠던 강호에 분쟁을 촉발하는 도화선이 될 수 있다는 걱정 때문입니다."

연극쌍과 단천호는 별말없이 육문극의 말을 들었다.

하지만 그들의 시선은 서로에게서 떨어질 줄 몰랐다.

"양쪽에서 모두 피해를 입었다는 것은 알고 있습니다. 그렇지만 사태가 더 이상 커져 가는 건 의천맹의 입장에서는 묵과할 수 없습니다. 그러니 이쯤에서 서로 화해하시고 분쟁을 멈추시는 것이 좋을 것 같습니다."

맹주의 말에 연극쌍이 입을 열었다.

"하지만 피해 보상은 받아야겠습니다."

연극쌍이 먼저 칼을 뽑아 들었다.

육문극이 고개를 갸웃했다.

"피해 보상 말입니까?"

"이번 분쟁으로 단가는 아무런 피해를 입지 않았습니다. 하지만 연씨세가는 두 개의 대를 잃었습니다. 그런 피해를 입고 아무렇지도 않다는 듯 화해를 할 수는 없습니다."

"음……."

육문극의 고개가 끄덕여졌다. 겉으로 보기에는 일견 맞는 말이었다.

"보상?"

하지만 단천호의 입장은 전혀 달랐다. 그의 입장에서 연극쌍은 감히 단가장을 노린 자다. 그런 자가 사죄는커녕 보상을 논하고 있다.

단천호의 미간이 살짝 좁아졌다.

"미쳤군."

"이놈!"

연극쌍이 단천호의 말에 즉시 반응했다.

"감히 단가장에 수작을 건 것도 참아 주기 어려운데 보상? 연가의 식솔들이 싸그리 도륙이 나야 그 무거운 머리를 땅에 처박을 생각인가?"

연극쌍의 수염이 부들부들 떨렸다.

"이…… 이놈이!"

단천호는 자리에서 일어났다.

"협상은 없다. 지금 이 순간부터 단가장은 연가를 적으로 간주한다. 그리고……."

단천호의 눈이 연극쌍을 향했다.

"가까운 시일 내에 다시 나를 보게 될 것이다."

연극쌍이 자리에서 벌떡 일어났다.

단천호는 오만한 시선으로 부들부들 떠는 연극쌍을 바라보았다.

"수작이라고?"

연극쌍의 입에서 커다란 고함이 터져 나왔다.

"수작을 건 쪽이 누군데 지금 내게 수작을 논하는 것이냐. 연가가 이런 수치를 당하고도 가만히 있을 줄 알았더냐!"

연극쌍의 말에 단천호는 조소했다.

"피해자인 척하는 건가? 아무래도 좋다. 결국 여기는 강호. 힘 있는 자가 정의다."

"결국은 그렇게 나오겠다는 거군!"

콰앙!

육문극이 진각을 밟았다.

살짝 놀란 연극쌍과 무심한 눈의 단천호가 맹주를 바라보았다.

"무력 충돌은 용납할 수 없습니다."

"하나 맹주!"

"그만하십시오."

"크흠!"

연극쌍은 애꿎은 책상을 내리치며 화풀이를 했다.

단천호는 육문극을 향해 입을 열었다.

"이미 더 이상 말로 풀 수 있는 상황이 아닙니다."

"그렇다고 무력 충돌을 용납하게 된다면 의천맹은 의천맹이 아니게 되오."

"강호란 애초에 그런 것. 물줄기가 마음에 들지 않는 방향으로 흐른다고 둑을 세우면 언젠가는 둑이 터져 나갈 뿐이죠."

"으음……"

육문극은 새삼스런 눈으로 단천호를 바라보았다. 어린

아이의 입에서 나왔다고 믿기 힘든 말이었다.

하지만 그렇다고 해서 용인할 수 있는 일이 아니었다.

"연씨세가는 어느 정도의 피해 보상을 바라십니까?"

"금전으로 이십만 냥입니다."

단천호는 헛웃음을 지었다.

금전 이십만 냥이라면 단가장의 이 년치 예산과 맞먹는 액수였다.

그 요구는 쉽게 말하자면 단가장더러 망하라는 것이었다.

무림 문파는 무공만 강하다고 되는 것이 아니다. 무공을 익히려면 먹어야 한다. 잘 곳도 있어야 한다. 돈이 없으면 무공을 익힐 시간도 없이 일을 해야 하는 것이다.

그 돈을 순순히 빼앗긴다면 단가장은 나날이 나약해져 갈 것이다.

아니, 그 전에 이것은 자존심의 문제였다.

단천호가 있는 단가장이 다른 곳에 돈을 물어 준다?

단천호는 용납할 생각이 없었다.

"노망이 났군?"

"그만하시오. 단 공자. 어디 단 공자 쪽 말을 들어 봅시다. 단가장 쪽에서 연씨세가에 바라는 보상은 어느 정도요?"

단천호는 입꼬리를 말아 올렸다.

"연 가주의 목."

"네 이놈!"

"단 공자!"

단천호는 어느새 도병에 손을 올린 연극쌍을 바라보며 싱긋 웃었다.

"돈은 필요 없어. 하지만 단가장을 침범한 대가는 받아야겠다."

"단천호!"

연극쌍은 금방이라도 단천호에게 달려들 기세였다.

맹주가 자리에서 일어났다. 그리고 품 안에서 하나의 금패를 꺼내 들었다.

"천룡전주 연극쌍이 의천령을 배알합니다."

그 금패를 보자마자 연극쌍은 무릎을 꿇었다.

하지만 단천호는 고개를 든 채 무심한 눈으로 맹주를 바라보았다.

"단 공자는 왜 의천령을 보고도 무릎을 꿇지 않습니까?"

단천호는 살짝 인상을 찌푸렸다.

"왜 그래야 합니까?"

"의천령은 의천맹주의 신물입니다."

단천호는 고개를 저었다.

"단가장의 신물은 아닙니다."

"허어!"

육문극이 인상을 찌푸렸다.

"단가장은 엄연히 의천맹과 그 길을 같이하는 문파인 것을……."

"의천맹은 단가장의 위에 있는 곳이 아닙니다. 단가장과 함께하는 문파일 뿐이죠. 화산의 장문인은 무당의 장문령부를 보고 무릎을 꿇습니까?"

"그건 아니오."

"의천맹주는 단가장의 위에 있지 않습니다. 그러니 내가 무릎을 꿇을 이유도 없습니다."

육문극은 가슴이 답답해져 왔다. 정파라고 자처하는 곳 어디에도 의천령을 이런 식으로 취급하는 곳은 없었다.

의천맹의 힘이 약해졌기 때문인가? 아니면 단천호가 안하무인이기 때문인가.

"단 공자!"

"그리고……."

단천호의 음성이 의천맹주의 말을 잘랐다.

이어진 단천호의 목소리는 작지만 또렷했다.

"나는 누구에게도 무릎을 꿇지 않소."

단천호의 목소리는 의천맹주의 귀를 정확히 파고들었다.

광오하기 그지없는 말.

하지만 딱히 제지할 명분이 없었다.

의천맹은 연합체의 성격이 강하기에 명령권은 있어도 처벌권은 미약한 것이다.

맹주가 복잡한 눈빛으로 입을 열었다.

"여하튼 의천맹의 이름으로 명하오. 더 이상의 분란은 허락하지 않겠소."

단천호의 얼굴이 살짝 굳었다.

저자는 언제까지 앵무새같이 같은 말만 반복할 생각인가?

"그럼 뭘 어쩌겠다는 겁니까?"

"서로 흥분을 가라앉히고……."

"맹주께서는 지금 제가 흥분한 걸로 보이십니까?"

육문극은 대답할 수 없었다. 대답을 하기에는 단천호의 얼굴이 너무나도 냉정했다.

연극쌍은 흥분한 것으로 보이지만 단천호는 전혀 아니다. 오히려 너무도 담담한 얼굴로 사태를 지켜보고 있었다.

'허어.'

육문극은 머리가 복잡해져 왔다. 사태를 해결하기는 해야 하는데 간극이 너무 멀다.

그 간극을 좁히고 싶어도 당사자들의 태도가 이러니 협상이 이루어지지가 않았다.

무조건 물러나라고 한다고 해서 물러날 사람들이 아니었다.

　"단 공자께서는 방도를 가지고 계시오?"

　단천호는 슬쩍 미소를 지었다.

　"간단합니다."

　단천호의 시선이 연극쌍에게 꽂혔다.

　"단가장과 연가가 정면으로 충돌해 연가가 세상에서 사라지던가……."

　연극쌍은 즉각 고함을 쳤다.

　"방자하기 이를 데 없구나."

　하지만 단천호는 연극쌍의 말을 무시하고 계속 입을 열었다.

　"아니면 비무를 하던가."

　"비무?"

　"간단하고도 확실한 방법. 강호의 일은 결국 강호의 방식으로 해결하는 법. 이긴 자가 모든 것을 갖는 것이지요."

　"그건……."

　육문극의 눈살이 찌푸려졌다.

　단천호의 말은 맞다.

　강호의 문제는 결국 강호의 방식으로밖에 풀 수 없다. 하지만 그것을 허락해 버리게 된다면 의천맹의 존재가 무용지물이 되어 버린다.

"의천맹의 입장에서는……."

단천호는 답답하다는 듯이 목소리를 조금 높였다.

"이래도 안 되고 저래도 안 된다면 어떤 방식을 바라십니까! 보는 눈이 문제가 된다면 보는 눈을 없애면 될 일. 단가장과 연가의 비무를 사람들이 모르게 해 버리면 될 일 아닙니까."

육문극은 고개를 끄덕였다. 그런 방식이라면 대외적으로는 의천맹이 중재를 했다고 말할 수도 있었다.

육문극의 시선이 연극쌍을 향했다.

"동의하십니까?"

"흥! 말은 저렇게 해 놓고 대리인을 보내서 비무를 할 수도 있는 일 아닙니까. 네놈이 직접 나설 용기가 있다면 나도 비무에 응하겠다."

연극쌍의 말에 단천호는 미소를 지었다.

"걱정하지 마라, 늙은이. 단가장을 노린 대가는 내가 직접 네게 받아 내겠다."

"건방진 놈. 내 친히 네놈의 목을 베어 주마."

단천호는 고개를 끄덕였다.

"할 수 있다면."

"으으!"

단천호는 자신의 앞에 놓인 차를 바라보았다.

어느새 싸늘히 식은 차를 들어 올려 천천히 입에 머금었다.

처음부터 단천호는 연가와 전면전을 할 생각이 없었다.

패배?

그런 것은 생각도 해 본 적 없다.

하지만 전면전이 된다면 전체적인 전력에서 밀리는 단가장은 피해를 입을 수밖에 없었다.

아직은 피해를 입을 때가 아니다. 지금은 피해 없이 전력을 강화할 시점이었다.

처음 들어왔을 때부터 단천호는 연극쌍을 도발해 자신의 뜻대로 상황을 주도해 나갔다.

'생각 같아서는……'

마음 같아서는 연가 전체를 씨몰살 시켜 버리고 싶었다.

하지만 아직은 아니다.

지금 연가를 박살 냈다가는 강호 전체의 주목을 받게 될 것이다.

단순히 강호만이라면 몰라도 혈천 역시 단가장을 주목할 것이다.

단천호는 그것을 원하지 않았다.

단천호의 입가가 부르르 떨렸다.

'이게 다 그 약해 빠진 놈들 때문이다.'

왜 단천호가 이렇게까지 참아야 하는가.

그것은 전부 단가장의 약해 빠진 무사들 때문이었다. 지금 어설프게 충돌했다가는 아직 강해지지 못한 그들이 줄줄이 죽어 나가게 될 것이다.

그것 때문에 단천호조차 몸을 사려야 하지 않는가.

단천호는 이를 갈았다.

'돌아가는 즉시 뼈를 깎는 고련와 지옥의 교육으로 최정예 무사로 다시 태어나게 해 주마!'

단천호는 속으로 다짐했다.

덕분에 한창 수련에 열중하던 유호대와 단가무쌍대는 기이한 한기가 자신들을 파고드는 느낌을 받아야 했다.

맹주는 자리에서 일어나 상황을 정리했다.

"그럼 단가장과 연씨세가의 문제는 비무로서 결정하도록 하겠습니다. 그 배상액과 조건에 대해서는 어떻게 하겠습니까?"

"연가에 일임합니다."

단천호는 굳이 판을 키우려고 하지 않았다.

하지만 연극쌍은 이를 갈았다.

"내 단가의 기둥뿌리를 뽑아 주지."

단천호는 고개를 끄덕였다. 그리고 미소를 지었다.

강하다는 것.

그건 무척이나 편리한 일이었다.

맹주는 연극쌍과 간단한 문서를 작성했다.

단천호와 연극쌍이 지장을 찍음으로써 문서는 완성되었다.

"그럼 비무는 내일 하도록 하겠습니다. 그리고 공증인은 한 명을 두고, 공증인 자리는 의천맹주의 자격으로 제가 직접 맡도록 하겠습니다. 이의 있으십니까?"

연극쌍은 자리에서 일어났다.

"할 수 있는 것이 있다면 지금 해 둬라 애송이. 오늘이 니가 숨쉬는 마지막 날이다."

단천호는 연극쌍의 눈을 똑바로 바라보았다. 그리고 천천히 자리에서 일어났다.

"그 말 그대로 돌려주지."

"으으……."

연극쌍은 분노에 치를 떨다가 몸을 휙 돌려 그대로 다실을 벗어났다.

"그럼."

단천호는 가벼운 인사를 남기고 문을 열었다.

"단 공자."

그런 단천호를 맹주가 잡았다.

"무슨 일입니까?"

맹주는 잠시 고민하는 듯하다가 입을 열었다.

"자신 있소?"

단천호는 조금 의문이 들었다. 맹주는 왜 이러한 것을 자신에게 묻는 것일까?

하기야 겉으로 보기에는 단천호가 약해 보일 테니 충분히 이해할 수 있는 일이었다.

"내일 뵙죠."

단천호는 방을 나섰다.

의천궁을 벗어나자 푸른 하늘이 단천호는 맞이했다.

단천호는 길게 심호흡을 했다.

"우선은 연가부터."

그리고 연가를 시작으로…….

"걸리적거리는 것은 모두 부수고 나아간다."

그것이 단천호의 방식이었다.

19장 —

광천(光天), 강림하다

"흐아아압!"

남궁의룡의 검이 거칠게 휘둘러졌다.

남궁세가의 제왕검형(帝王劍形)이 본래의 모습과는 다르게 패도적인 모습을 보였다.

"하아. 하아. 하아."

남궁의룡은 전신에서 흘러내리는 땀을 닦을 생각도 하지 않은 채 검을 휘둘렀다.

"단천호!"

쌔애앵!

남궁의룡의 검이 허공을 가르며 커다란 파공음을 만들어 냈다.

챙!

땅에 미끌어진 검이 허공을 날아 벽에 부딪히며 날카로운 소음을 만들어 냈다.

남궁의룡은 그대로 그 자리에 주저앉았다.

거친 숨소리가 밀실을 가득 채웠다.

"이 굴욕은 잊지 않는다!"

남궁의룡은 살아생전 한 번도 그런 대접을 받아 본 적 없던 사람이다. 더욱 굴욕스러운 것은 그런 대접을 받으면서도 아무것도 할 수 없었다는 것이다.

남궁의룡은 그곳에 있던 세 소가주들보다 훨씬 강하다. 그들 모두가 달려든다고 해도 상대할 자신이 있었다.

그리고 세 소가주들보다 몇 배는 더 강한 남궁의룡이기에 알 수 있었다. 단천호와 자신의 사이에 있는 압도적인 실력 차를. 앞으로 평생을 수련하고 또 수련한다고 해도 따라잡을 수 있을지 확신할 수 없을 만큼 거대한 차이였다.

'어떻게 해야……'

남궁의룡이 조급해지는 것은 단천호가 계속 그 자리에 머물러 주지 않는다는 것이다.

단천호는 남궁의룡보다 어리다. 그러므로 지금부터 성장할 시간이 얼마든지 남아 있다.

남궁의룡이 아무리 열심히 수련한다고 해도 그 시간에

단천호가 놀고 있지는 않을 것이다.

그 사실이 남궁의룡을 초조하게 했다.

절대 넘을 수 없는 벽을 만난 무인의 심정.

그것은 겪어 보지 않은 자는 알 수 없는 것이다.

"빌어먹을 약해 빠진 무공! 필요해! 더 강한 무공이 필요해!"

남궁의룡은 미친 듯이 소리 질렀다.

제왕검형을 완벽히 터득한다고 해서 그 괴물을 상대할 수 있을까?

창궁무애검법을 십이 성 대성한다고 해도 그에게 통할까?

남궁의룡은 확신할 수 없었다.

다만 확실한 것은 완성하지 못한 무공으로는 그를 절대 대적할 수 없다는 것이다.

그나마 대성하면 이길 수 있다는 확신이라도 있다면 이 초조함을 이겨 보겠건만 그런 생각이 들지 않는 상황이기에 남궁의룡은 더욱 힘이 들었다.

"으아아아아아!"

남궁의룡이 마구 벽을 후려쳤다.

지금의 그는 초조함과 조급함이 과도해 입마의 초입에 든 상태였다. 심마가 든 상태에서 마음을 다스리기보다 육체적인 혹사를 해 버린 결과였다.

"단천호오오오!"

쾅!

남궁의룡의 주먹이 벽에 손목까지 파고들었다. 그와 동시에 주먹에서 짜릿한 통증이 느껴졌다.

"큭!"

남궁의룡은 쓴웃음을 지으며 자리에 주저앉았다.

"이기겠다고 호언장담해 뒀는데."

단천호에게 다시 만날 때는 자신이 이긴다는 말을 했다. 치기 어린 말이었다는 걸 남궁의룡은 인정하지 않을 수 없었다.

"어떻게 해야 넘을 수 있나."

단천호는 너무도 거대한 산이었다.

남궁의룡은 그와 겨루면서 그의 움직임을 하나도 제대로 보지 못했다.

더구나 단천호는 무공다운 무공을 쓰지도 않았다.

단순한 손짓.

그것만으로 남궁의룡을 완벽하게 제압해 버린 것이다.

"답이 없군."

자조 섞인 그의 혼잣말을 받아 주는 이가 있었다.

"아니, 답이 있지."

남궁의룡의 몸이 번개처럼 뒤로 돌았다.

"웬 놈이냐!"

남궁의룡의 등 뒤에 검은 그림자가 나타나 있었다.

이곳은 남궁세가의 깊은 곳에 위치한 폐관수련실. 외인은 물론 세가의 식구들도 함부로 출입할 수 없는 곳이었다. 그런데 이 심처에 낯선 그림자가 나타난 것이다.

"너에게 힘을 줄 사람."

검은 그림자는 나직한 목소리로 남궁의룡에게 말했다.

하지만 남궁의룡은 코웃음을 쳤다.

"누군지는 모르겠지만 감히 이곳을 침입하고도 무사할 수 있으리라 생각하는 것은 아니겠지?"

검은 그림자는 고개를 저었다.

"아니, 아니. 그건 중요한 게 아니지. 지금 중요한 건 네 힘이 부족하다는 것. 그것 아닌가?"

"무슨 소리냐!"

"강해지고 싶나?"

남궁의룡의 입이 조개처럼 다물어졌다.

"내가 그 힘을 주지."

"웃기지 마라. 나는 대남궁가의 자손이다. 네까짓 놈이 내게 무슨 힘을 줄 수 있다는 말이냐?"

"이런 것?"

검은 그림자의 손이 철벽에 틀어박혔다.

"허억?"

남궁의룡은 헛바람을 내뱉을 수밖에 없었다. 방금 그가

주먹을 날린 곳과 다르게 지금 괴인이 서 있는 곳은 폐관 수련 시 검기나 검강 수련이 가능하도록 한 자가 넘는 만년한철로 벽을 세운 곳이었다. 그 만년한철을 괴인은 마치 두부 주무르듯이 주무르고 있는 것이다.

"흑혈수라는 것이지. 보잘것없는 기술이다. 너를 위해서는 더 위대한 능력들이 준비되어 있지."

"……"

남궁의룡은 마음이 흔들리는 것을 느꼈다. 저 무공이라면 단천호를 상대할 수 있었다. 아니 갈기갈기 찢어 놓을 수 있을 것이다.

그런데 더 위대한 무공이라면?

그때 괴인이 남궁의룡에게 결정타를 날렸다.

"얼마 걸리지 않을 거야. 이 년? 일 년? 노력에 따라서는 반년이 될 수도 있고. 오래 걸려도 삼 년은 넘기지 않겠지."

"조건이 뭐지?"

괴인은 고개를 저었다.

"그런 건 없다."

"파격적이군. 그래서 위험하게 들려. 그 말을 어떻게 믿지?"

"멍청하기는. 내가 너를 속여야 할 이유는 뭐지? 남궁세가 따위 우리는 하룻저녁에 멸망시킬 수 있다."

"광오하기 짝이 없군."

"그러나 진실이지."

남궁의룡은 검을 들었다. 그리고 검은 그림자를 향해 검을 겨누었다.

"웃기는 소리군."

"흐음?"

"나는 대남궁가의 후예다. 그런 내가 다른 무공을 바라고 너를 따라갈 것 같은가? 남궁의 이름은 그 정도로 가볍지 않다."

검은 그림자는 키득키득 웃으며 고개를 저었다.

"남궁의 이름이 뭔가?"

"뭐?"

"그런 사소한 것에 얽매여 아무것도 보지 못하는 건가?"

"그 검······."

카아앙!

순간 인영의 모습이 남궁의룡의 눈앞에 나타나더니 남궁의룡의 검을 움켜잡았다.

"이것이 남궁의 검인가?"

챙!

그리고 남궁의룡의 검은 너무나도 미약하게 부러져 나갔다.

"하찮기 짝이 없군."

남궁의룡의 눈이 멍해졌다.

패배.

이번 역시 아무것도 하지 못한 패배였다.

너무나도 비현실적인 패배라 억울함이나 분함보다는 허탈함이 엄습해 왔다.

'나는……'

남궁의룡은 무언가 무너져 내리는 느낌을 받았다.

'겨우 이런 존재였나?'

강하다고 믿었다.

남궁세가의 소가주인 자신이 약할 리 없다고 믿었다. 이대로 수련해 나가다 보면 천하제일도 꿈은 아니라고 믿었다. 하지만 현실은 너무나도 냉정했다.

"남궁세가의 무공 따위로 자부심을 가지다니, 너도 글렀군. 너는 제외다."

검은 그림자는 천천히 뒤로 물러났다.

저 괴인은 대체 어디서 나타난 것이란 말인가?

그리고 어떤 인물이기에 남궁세가의 가주가 와도 못 할 일을 저리도 쉽게 해낸다는 말인가.

"자…… 잠깐."

남궁의룡이 손을 뻗었다.

"호?"

남궁의룡은 부들부들 떨리는 입술로 겨우 입을 열었다.

"따, 따라가면…… 있는 건가?"

"뭐라고?"

"너를 따라가면 난 강해질 수 있는 건가?"

"크크크크."

검은 그림자는 나직하게 웃었다.

"남궁세가 따위 혼자서도 전멸시킬 힘을 네게 주지."

남궁의룡은 망설였다.

그는 남궁세가의 소가주다.

그가 남궁을 버릴 수는 없는 노릇이었다.

하지만…….

이제 그도 알 수 있었다.

강호는 힘이 모든 것을 말한다. 단천호가 그것을 가르쳐 주지 않았던가.

강한 자는 약한 자를 너무도 쉽게 비틀어 버릴 수 있었다. 강호에서 약자란 너무나도 가여운 존재인 것이다.

남궁의룡은 결코 약자가 되고 싶지 않았다.

확실한 것은…….

이대로 남궁세가에 머물러 있다면 그는 결코 단천호보다 강해지지 못하리란 사실이었다.

'단천호.'

마치 벌레를 보듯 자신을 내려다보는 단천호의 시선이

떠올랐다.

남궁의룡의 속이 부글부글 끓어올랐다.

'누구도 나를 그런 시선으로 바라볼 수는 없다.'

남궁의룡은 고개를 끄덕였다.

"그럼 당신이 내 사부가 되는 것인가?"

"사부? 크하하하핫!"

검은 그림자는 한참을 웃더니 입을 열었다.

"너를 보고자 하는 사람은 내가 아니다. 감히 내가 범
접조차 할 수 없으신 분. 그분이 너를 기다리고 있다."

"……미칠 노릇이군."

남궁의룡은 혼란스럽기 그지없었다. 당장 괴인만 해도
남궁의룡이 이제껏 본 적도 없는 무위를 가지고 있다.

그런데 지금 괴인이 말하는 자는 또 얼마나 강하다는
건가?

괴인은 여전히 괴이한 웃음소리를 흘리며 말했다.

"결정은?"

남궁의룡은 입술을 꽉 깨문 후 입을 열었다.

'기다려라, 단천호. 너를 꺾기 위해서라면 어디든 가
주마. 그곳이 설사 지옥일지라도.'

"가겠다."

괴인의 웃음소리가 멎었다.

"너를 기다리는 그분께로 안내하지."

"그의 이름은?"

"혈선. 위대하신 마의 주인이시지."

비무를 하기로 예정되어 있는 곳은 의천맹에서 십 리나 떨어진 야산이었다. 그리고 그 야산에는 어떠한 인적도 보이지 않았다.

그도 그럴 것이 이번 비무가 맹주를 입회인으로 하는 비공개 비무인 만큼 비무장에 올 사람이 총 세 명밖에 없는 것이다.

연극쌍이 단천호를 바라보며 노골적인 비웃음을 날렸다.

"잘도 도망가지 않고 나왔구나 꼬마."

단천호의 입가에 싸늘한 미소가 걸렸다.

아무것도 모르고 날뛰는 것도 지금까지다.

단천호는 애초에 연극쌍을 무사히 보낼 생각이 없었다.

단가장을 침범한 것은 용서하기 힘든 죄다.

하지만 단천호의 생각은 거기에 머물러 있지 않았다.

과거에 유우란, 즉 단천호의 어머니는 한 번 죽었고, 그 죽음의 뒤에는 연가가 있었다.

단천호는 처음부터 연극쌍을 박살 낼 생각을 하고 있었

던 것이다.

'꽤나 오래 기다렸지.'

바로 이 순간을.

육문극이 굳은 얼굴로 입을 열었다.

"비무를 시작하겠습니다. 비무에 걸린 것은 지난번에 공중한 것과 같습니다. 비무 시 목숨을 잃거나 부상을 당하여도 상대에게 일절 책임을 묻지 않습니다."

연극쌍이 앞으로 나서서 단천호에게 포권을 취했다.

"대연씨세가의 가주 연극쌍!"

"단천호다."

인사가 끝나자 둘은 거리를 벌렸다.

연극쌍은 비무가 시작되려 하자 도를 뽑아 들었다.

맹주의 손이 들어 올려졌다.

"비무를 시작합니다."

단천호와 연극쌍은 서로를 마주 보며 움직이지 않았다.

먼저 열린 것은 연극쌍의 입이었다.

"유언이 있다면 지금 해 둬라. 전해 주마."

"유언?"

단천호는 웃었다.

하늘 높은 줄 모르는 하룻강아지가 덤벼드는 것을 지켜 보는 일은 물론 재미있다.

하지만 그것도 어느 정도지 자꾸만 그런 일이 반복되면

싫증이 나는 것이 사람이다.

그리고 싫증이 난 순간 하룻강아지의 운명은 정해져 있는 것이다.

"덤벼 봐."

"이놈……."

연극쌍은 더는 말하기 싫다는 듯 도를 세차게 휘두르고는 단천호에게 쇄도해 들어갔다.

단천호의 눈이 조금 가라앉았다.

연극쌍의 도에 도기가 어리기 시작했다. 시작부터 도기를 줄줄이 뿜어낸다는 것은 결코 대충할 생각이 없다는 뜻이었다.

연극쌍의 도가 바람을 가르며 단천호의 머리를 향해 날아왔다.

스팟!

좌로 일 보.

간단한 움직임에 연극쌍의 도가 허공을 갈랐다.

그러나 연극쌍도 백전노장의 고수. 허공을 가르던 도가 멈칫하는 듯하더니 방향을 바꿔 단천호의 허리를 그대로 갈라 버릴 기세로 날아왔다.

파아앙!

날카로운 파공음과 함께 단천호의 허리가 그대로 잘려 나갔다.

아니 잘린 것처럼 보였다.

허리가 잘린 단천호의 신형이 흐릿해지더니 그로부터
오 보 뒤에 단천호의 모습이 나타났다.

"한 수는 있는 모양이군."

단천호는 턱을 치켜들고 연극쌍을 바라보았다.

"끝이냐?"

"크크크큭! 지껄일 수 있는 것도 지금이 마지막이다."

연극쌍의 도가 부르르 떨렸다. 그에게 패천도군이라는
별호를 붙여 준 연극쌍의 성명절기 패천도(覇天刀)가 펼
쳐지기 시작했다.

도라는 것은 무척이나 간단하고 변화가 없는 무기이다.
그래서 도로 극강의 고수의 자리에 오르기는 지난한 일이
다.

하지만 연극쌍은 타고난 신력과 패천도를 바탕으로 천
하에서 손꼽히는 강자의 자리를 손에 넣었다.

패천도(覇天刀) 제일초(第一招)

패천무궁(覇天無窮)

연극쌍의 도에서 뿜어져 나온 도기가 하늘을 뒤덮으며
단천호에게로 떨어져 내렸다.

도기가 어린 도가 날아오는 것이 아니라 도기 그 자체

가 단천호를 휘감아 온다. 지금까지 단천호가 해 왔던 전투와는 개념 자체가 다른 전투였다.

되살아나서는 말이다.

그 전을 따진다면?

지겨울 정도로 많이 겪어 보았던 상황이다.

건곤벽(乾坤劈)

건곤합일(乾坤合一)

단천호의 우수와 좌수가 서로 다른 색으로 물들었다.

그 두 손이 한곳에 뭉치자 단천호의 손에 모였던 검고 흰 기운이 서로 만나 맹렬하게 끓어올랐다.

"산(散)!"

단천호가 그 손을 좌우로 벌리자 기운들이 분수처럼 뿜어져 나가며 연극쌍의 도기를 휘감아 올렸다.

단천호는 머리 위의 도기들에 건곤합일을 날리는 동시에 앞으로 맹렬하게 진격했다.

폭발적으로 뿜어져 나오는 살기와 투기.

"흐읍?"

연극쌍이 일순 투기에 압도되어 멈칫했다.

단천호는 그 틈을 놓치지 않고 달려들었다.

단천호의 손이 새하얗게 물들어 갔다. 겁천수(劫天手)

가 전개된 것이다.

단천호는 달려들던 기세 그대로 손을 뻗어 연극쌍의 목을 틀어쥐어 갔다.

그러나 연극쌍 역시 쉽게 당하지 않았다. 연극쌍이 도를 휘둘러 다가오는 단천호를 베어 왔다. 투기와 살기에 압도되었을지언정 그 시간은 찰나. 결정적인 승기를 잡기에는 부족한 시간이었다.

지금까지 단천호가 상대했던 자들과는 다르게 연극쌍은 투기 정도로 잡아 둘 수 있는 존재가 아닌 것이다.

까까까깡!

단천호의 겁천수와 연극쌍의 도가 부딪치면서 쇳소리를 뿜어냈다.

동시에 단천호의 발이 연극쌍의 턱을 향해 날아갔다.

부우웅!

다리를 차올렸을 뿐인데 바람을 가르는 소리가 공포스럽기 그지없었다.

"헛?"

연극쌍의 몸이 잔상을 남기며 뒤로 물러났다.

단천호는 그 자리에서 연극쌍을 응시했다.

연극쌍의 턱수염을 타고 한 줄기 핏물이 흘러내렸다. 단천호의 각에 맞은 것은 아니지만 풍압만으로 입술이 터져 버린 것이다.

연극쌍의 눈빛이 변했다. 지금까지는 반쯤은 즐기는 마음으로 단천호를 상대하던 그가 분노한 것이다.

연극쌍은 입술을 굳게 다물고는 단천호를 향해 돌진했다.

단천호 역시 다가오는 연극쌍을 향해 쇄도해 들어갔다.

삼 장에 가까운 거리가 있었지만 이 정도 고수들에게 그 거리는 존재하지 않는 것과 같았다.

먼저 수를 쓴 것은 단천호였다.

건곤벽(乾坤劈)

건곤겁랑(乾坤怯浪)

단천호의 양손이 서로 다른 색으로 물들며 일수에 수십 개의 잔영을 허공에 만들어 냈다.

그 잔영들이 서로 얽혀 들어가더니 마치 거친 파도처럼 연극쌍에게 몰려들었다.

"흠!"

연극쌍의 도가 맹렬히 휘둘러졌다.

패천도(覇天刀) 제삼초(第三招)

패천광아(覇天狂牙)

일수에 수십 회를 휘두른 도에서 뿜어져 나온 도기가 한데 뭉치더니 맹렬하게 회전하면서 긴 창의 형태를 이루었다.

그리고 그 도기의 창은 건곤겁랑의 한 점을 너무도 수월하게 꿰뚫고 지나갔다.

단천호는 뒤로 물러났다.

건곤겁랑이 뚫렸다면 저 도기의 뒤에는?

검붉은 도기의 뒤에서 연극쌍이 뛰어올랐다. 그의 도가 허공에서 바닥을 향해 휘둘러졌다.

패천도(覇天刀) 제사초(第四招)

패천단해(覇天斷海)

도에서 뿜어져 나온 검기들이 뭉쳐 들더니 거대한 도의 형태로 연극쌍의 도를 감쌌다.

'도강(刀罡)?'

그리고 그 도강이 일수에 폭발하듯 뿜어져 나오며 단천호에게 날아왔다.

건곤벽(乾坤劈)

건곤무적(乾坤無敵)

단천호의 양손이 질풍처럼 전방을 향해 뻗어 나갔다. 눈 깜짝할 사이에 수십 번 손이 내질러지며 단천호의 몸 앞에 거대한 기운의 막을 형성했다.

그리고 그 기운의 막과 패천단해의 기운이 정면으로 충돌했다.

콰콰콰쾅!

하늘을 뒤덮는 폭음과 함께 기운들이 반동을 이기지 못하고 사방으로 비산했다. 인간과 인간의 싸움이라고는 도저히 믿기 힘든 모습이 연신 터져 나오고 있었다.

패천도(覇天刀) 제오초(第五招)
패천낙일(覇天落日)

연극雙의 도에 어린 도강이 일순 한 곳에 뭉쳤다. 그리고 그 기운은 마치 작은 구슬처럼 변해 버렸다.

이것이 강기 무공의 최고 경지 중 하나인 도환(刀丸)이었다.

연극雙의 도가 앞으로 내질러지며 칼에 어렸던 도환이 빗살처럼 단천호에게 날아들었다.

단천호는 조금 놀란 얼굴로 연극雙을 바라보았다. 과거의 그는 연극雙과 손을 섞은 적이 없었다. 그래서 연극雙의 무위를 실제로 알지는 못했다.

그런데 도환까지 뽑아낸다면 과거의 오대세가의 수장들에 비해 전혀 뒤떨어지지 않는 정도가 아닌가.

하지만…….

그걸로는 부족했다.

천하에는 강자가 수도 없이 많다.

오대세가를 보더라도 가주보다 강한 자가 다섯을 넘어가는 경우가 비일비재했다.

연극쌍은 강하다.

하지만 단천호는 더 강했다.

단천호는 날아오는 도환을 보며 손을 들어 올렸다.

단천호의 손에 새하얀 빛무리가 어리기 시작했다.

도환은 분명 강하다.

그러한 것을 상대하는 방법은 두 가지밖에 없었다.

피하던가, 아니면 더 강한 것으로 막아 내던가.

그리고…….

도환이 도의 최고봉이라면 광륜은 무의 최고봉이었다.

광륜이 어린 단천호의 손과 도환이 정면으로 충돌했다.

콰콰콰쾅!

그와 동시에 가공할 폭음이 산 전체를 진동시켰다.

엄청난 기의 폭풍이 단천호의 주위로 번져 나갔다.

지켜 보던 육문극마저 그 기세를 피하기 위해 뒤로 물러났을 정도였다.

기와 먼지의 폭풍이 가라앉았다.

그리고 드러난 광경에 연극쌍은 눈을 찢어질 듯이 부릅떴다.

눈앞의 단천호는 상처 하나 없이 우뚝 서 있었다.

펄럭이던 단천호의 옷자락이 천천히 내려앉았다.

단천호의 시선이 느릿하게 연극쌍을 향했다.

"큭!"

단천호와 시선이 마주친 연극쌍의 몸이 부르르 떨렸다.

'대체……'

단천호의 눈은 이 격전의 순간에도 고요히 가라앉아 있었다. 연극쌍의 무공도, 도의 최고 경지라는 도환도 단천호에게는 어떠한 동요도 주지 못한 것이다.

연극쌍은 자신의 생각을 수정했다. 단천호의 눈은 결코 고요한 것이 아니었다. 얼핏 보기에는 고요해 보이는 눈의 깊은 곳에서는 상상도 할 수 없는 살기와 광기가 일렁이고 있었다.

연극쌍은 숨이 막혀 오는 것을 느꼈다.

사람이 어떻게 저런 눈을 할 수 있다는 말인가?

단천호의 입이 천천히 열렸다.

"끝인가?"

연극쌍은 입을 열 수 없었다.

머리가 텅 비어 버린 듯 아무런 말을 할 수 없었다.

나이?

연륜?

모든 것이 사라졌다.

그가 생각해 오던 것이 모두 산산이 부서져 나갔다. 흔히들 말하는 거대함이라던가 그런 것이 아니었다.

단천호의 모습은 변함이 없었다.

그러나 어느 순간, 단천호가 그곳에 존재한다는 것 그 자체만으로도 연극쌍은 심장이 터져 버릴 것 같은 압박감을 느꼈다. 단천호의 존재감은 그만큼이나 압도적이었다.

"적당히 상대해 주는 것도 지치는군. 겨우 그 정도의 실력으로 잘도 단가장을 노렸어."

단천호가 발을 앞으로 한 발짝 내밀었다.

연극쌍은 그 동작에 자신도 모르게 서너 발짝이나 뒤로 물러나고 말았다.

"크윽!"

그리고 치욕감에 얼굴을 붉혔다.

연극쌍은 패천도군이자 연가의 가주였다. 그런 그가 자신의 반도 살지 않은 어린아이의 전진에 놀라 뒤로 물러난 것이다. 이것은 무공의 고하 이전의 문제였다.

하지만 연극쌍은 발작할 수 없었다.

단천호의 눈.

광기로 번들거리는 단천호의 눈이 연극쌍의 모든 행동

을 찍어 눌렀다.

연극쌍의 가슴속에서 생전 처음 느껴 보는 감정이 스멀
스멀 피어올랐다.

연극쌍은 부정했지만 사실이었다.

두려움.

패천도군 연극쌍이 새파란 어린아이의 눈을 보고 두려
움에 떨고 있는 것이다.

"고작 이거냐?"

단천호는 천천히 연극쌍에게 다가갔다.

연극쌍은 뒤로 물러나지 않기 위해 자신이 가진 인내력
의 대부분을 소진해야 했다.

그리고 인정했다.

'그래, 난 두렵다.'

그리고 발작적으로 단천호에게 달려들었다.

"으아아아아!"

그게 뭐 어쨌단 말인가!

두렵다.

누구라도 저 눈을 본다면 두려움을 느끼지 않을 수 없
을 것이다.

하지만 연극쌍은 연가의 가주였다. 두려움 때문에 뒤로
물러나기에는 그의 어깨가 너무 무거웠다.

차라리 대항하다 죽는 것. 그것이 연극쌍이 선택할 수

있는 최선이었다.

단천호는 달려드는 연극쌍을 보며 미소를 지었다. 무인의 자존심은 존중해 줄 가치가 있었다. 하지만 연극쌍은 무인이기 이전에 적이었다.

단천호는 적에게는 자비를 모르는 사람이었다.

"크앗!"

연극쌍의 도가 발작적으로 휘둘러졌다.

어떠한 초식도 담겨 있지 않은 시정잡배의 휘두름이었다.

물론 연극쌍의 내공과 힘이 담긴 일수이기에 그 강인함만은 시정잡배와 비교할 수 없겠지만 단천호에게는 크게 다를 것이 없었다. 이미 연극쌍은 무너져 버린 것이다.

단천호는 연극쌍의 도를 피하지 않았다.

까앙!

연극쌍의 도가 단천호의 손아귀에 잡혔다.

연극쌍은 운이 없었다. 그의 패착은 단가장을 건드렸다는 것이고, 그보다 더한 패착은 단천호라는 존재를 몰랐다는 사실이다.

콰앙!

단천호의 주먹이 연극쌍의 하복부에 그대로 틀어박혔다.

곤의 기운을 품은 검은 주먹과 단단한 무인의 육체가

충돌하면서 거대한 폭음이 터져 나왔다.

"크아아아악!"

연극쌍은 허공에 붕 떴다 떨어지며 끔찍한 비명을 질렀다.

단천호는 바닥에 떨어져 연신 피를 토해 대는 연극쌍에게 천천히 다가갔다.

"넌 상상해 본 적 있나?"

"크윽?"

"누군가를 건드릴 때부터 언젠가는 네가 되려 당할 수도 있다는 생각을 해 본 적 있나?"

연극쌍은 단천호가 무슨 말을 하는지 전혀 이해할 수 없었다. 이해하기에는 지금의 상황이 너무나도 혼란스러웠고 고통스러웠다.

"상상하지 않았었다면 지금부터 겪어 보도록 해."

쾅!

단천호의 발이 그대로 연극쌍의 얼굴을 걷어찼다.

연극쌍은 피를 뿌리며 삼 장이나 바닥을 굴렀다. 바닥이 길게 파이며 연극쌍이 뿌린 피로 붉게 물들었다.

단천호는 무심한 눈으로 연극쌍에게 다가가 연극쌍의 허벅지에 발을 올렸다.

연극쌍의 몸이 부르르 떨렸다.

"이제 네가 할 수 있는 것은 하나다."

콰득!

단천호의 발이 그대로 연극쌍의 허벅지의 뼈를 짓눌렀다.

뼈가 부러져 나가는 소리가 크게 울렸지만 연극쌍은 비명조차 지르지 못했다. 학질이라도 걸린 양 쉴 새 없이 몸을 경련하는 것이 그가 보인 반응의 전부였다.

"네 그 쓸모없는 몸뚱이로 연가에 전해라. 단가장을 건드린 것이 얼마나 멍청한 짓이었는지."

콰득!

연극쌍의 다른 허벅지의 뼈마저 부러져 나갔다.

"끄으으으윽."

피투성이가 된 연극쌍의 입가에서 신음 소리가 새어 나왔다.

단천호는 그런 연극쌍을 무심한 눈으로 바라보았다.

"걱정하지 마. 그래도 비무니까. 생각 같아서는 네놈의 몸을 아예 포를 떠 버리고 싶지만 그럴 수는 없잖아? 사지는 달려 있게 해 줄 테니, 걱정하지 말라고."

그 말을 듣고 안심할 사람이 누가 있겠는가.

연극쌍은 충격과 공포로 정신이 나가 버릴 지경이었다.

단천호는 다리가 부러진 채로 필사적으로 두 팔을 움직여 단천호에게서 멀어지려는 연극쌍을 보며 피식 웃었다.

"내가 없었다면……."

쾅!

단천호의 다리가 연극쌍의 오른팔을 걷어찼다.

살이 터지고 뼈가 부러져 나갔다.

"넌 단가장을 어떻게 했을까?"

단천호의 손이 연극쌍의 머리채를 움켜잡았다.

"그래도 내가 심한 것 같나? 응?"

단천호는 이 상황이 무척 마음에 들지 않았다. 만약 자신이 없었다면 단무성을 위시한 단가장의 식솔들은 줄줄이 목이 잘렸을 것이다.

하지만 자신은 연가를 건드리지 않았다. 오로지 연극쌍만을 벌하고 있는 것이다.

한 되의 피를 서 말의 피로 갚는 광천마였다면 이미 연가는 피로 씻겨 나갔을 것이다.

그래서 단천호는 짜증스러웠다. 무공은 더 강해졌지만 주위를 둘러싸고 있는 상황은 과거보다 못했다. 단가장은 아직 더 강해져야 하는 것이다.

"크으으…… 개자식…… 죽여라. 개소리…… 하지 말고 죽여."

"걱정 마. 넌 어차피 죽을 테니까. 죽어 가면서 계속 후회해. 단가장을 건드린 게 얼마나 큰 실수였는지 실감하라고."

"크하하하핫!"

연극쌍은 광기 어린 얼굴로 크게 웃었다.

"끝까지…… 끝까지 농락하려 드는군. 어차피 이제 연가는 망할 텐데, 끝까지 나를 비참하게 만드는구나. 크하하하핫!"

단천호의 눈살이 조금 찌푸려졌다.

그래도 연가의 가주라면 명성이 있는 자인데, 이런 식으로 발악하며 광증을 보이는 것은 의외의 모습이었다.

"정신이 나간 건가?"

"크흐흐흐…… 개소리. 이제 속이 시원하나? 연가에게 모든 죄를 덮어 씌우고 연가를 망하게 하고 나니 속이 시원한가?"

"……뭐?"

"단가장에 구렁이가 자라고 있구나! 크하하하핫! 내 죽는 건 억울하지 않지만, 끝까지 네 손바닥 안에서 놀아나고 싶지는 않다."

"…….."

단천호는 인상을 찌푸렸다.

"마지막까지 추하게 갈 셈인가?"

"내가 이런 고통 정도에 굴복할 거 같으냐? 난 연극쌍이다. 연극쌍이라고. 이 개자식아! 맹주 앞에서 내가 고통에 못 이겨 내가 모든 것을 했다고 말하는 순간, 너는 명분을 얻고 연가를 손에 넣겠지. 내가 니 계획대로 호락호

락 당할 것 같으냐? 크하하하핫! 연가는 이렇게 무너지지 않는다!"

단천호는 조금 이상한 느낌을 받았다.

연극쌍의 말과 단천호의 말이 어디선가부터 어긋나 있었다.

"……연리연을 통해서 단가장을 획책한 것을 인정하지 않을 셈이냐?"

연극쌍은 핏물을 줄줄 흘리면서도 이빨을 드러내며 웃었다.

"인정? 크하핫! 뭘 인정하란 말이냐? 내가 단가를 획책하려 했다면 뭐하러 딸을 단가장으로 시집보내겠느냐! 단가가 그 정도의 가치가 있다고 생각했나? 개소리! 단가 따위는 그런 복잡한 수 없이도 일수에 쓸어버릴 수 있다."

단천호의 얼굴이 싸늘히 굳었다.

"추하군. 이미 우리는 단가장을 획책하기 위해 너희들이 만들어 낸 연판장을 확보하고 있다."

"크흐흐흐. 빌어먹게도 잘 돌아가는 머리군. 가짜 연판장을 만들어 놓고, 상황을 조사하기 위해 보낸 창천수호대는 몰살시켜 버리고! 유일하게 상황을 알고 있는 내 딸은 연가의 처소에 연금되어 있고. 세상 사람 누가 들어도 꼼짝없이 속아 넘어가겠군! 그러나 하늘이 있다면 절대 너희를 용서하지 않을 것이다!"

"……."

단천호는 머리가 복잡해졌다.

맹주 앞에서의 변명이라고 하기에는 연극쌍의 목소리가 너무도 울분에 차 있었다.

죽음을 앞에 눈 상황에서 이 성노의 연기를 보일 수 있을까?

단천호는 움켜진 연극쌍의 머리채를 놓았다.

그리고 잠시 하늘을 보며 생각을 정리했다.

만약…….

백의 하나 만의 하나.

연가에서 정말 단가장을 획책하지 않았다면?

연극쌍의 반응도 이해 못 할 것은 아니지 않은가.

하지만…….

"연가에서 연리연과 서찰을 주고받았다는 것을 내가 아는데 자꾸 헛소리를 할 생각이냐?"

"서찰? 서찰? 서찰이라고? 크흐흐흐. 나는 근 삼 년간 연아에게서 단 한 번도 연락을 받아 본 적이 없다. 삼 년 만에 날아온 서찰이 일이 생겼다며 도와 달라는 연락이었지. 그리고 창천수호대를 출동시키고 얼마 지나지 않아 연아는 갇히고 창천수호대는 모두 죽었다는 소식을 들었다. 정말 기가 막히게 준비를 했더구나. 덕분에 나는 딸의 안위가 걱정되어 다시 쳐들어가지도 못했다. 차라리 죽였더라면 내 연가 전체를 끌고 단가를 칠 수라도 있었겠건만!"

"뭐가……."

단천호는 연극쌍의 말이 진실이라고 생각하지 않았다. 하지만 한 가지 가능성을 염두에 두지 않을 수 없었다.

누군가…….

누군가가 사이에 끼어들었을 경우…….

연가와 연리연 사이에서 서찰만을 가로챈다면 손쉽게 이러한 상황을 만들어 낼 수 있다. 서찰이야 전서구를 통하게 되니까 전서구만 따로 훈련시킨다면 결코 어렵지 않게 상황을 조작할 수 있는 것이다.

하지만 왜?

'모든 상황은 인과가 있다.'

누군가 조작을 하려 했다면 이유가 있을 것이다. 단가장과 연가를 충돌시켜서 이득을 얻는 자가 누가 있다는 말인가?

"죽여라! 더 이상 나를 모욕하지 말아라!"

단천호의 상념을 연극쌍이 방해했다.

단천호는 조금 복잡해진 눈으로 연극쌍을 바라보았다. 여기서 연극쌍을 죽이는 것은 너무나도 손쉬운 일이다.

콰드득!

단천호의 발이 유일하게 멀쩡히 남아 있던 연극쌍의 왼팔을 짓밟았다.

"크아아악!"

연극쌍은 비명을 지르며 몸을 부들부들 떨었다.

단천호는 싸늘한 눈으로 연극쌍을 응시했다.

"네가 하는 말이 사실이든 아니든 그건 중요하지 않다. 중요한 것은 네가 감히 내게 덤볐다는 것이지."

단천호의 생각은 간단했다.

만약 모든 것이 누군가의 조작일지라도 연극쌍이 단천호에게 덤볐다는 것은 변하지 않는다.

그렇다면 연극쌍이 죽을 이유도 충분했다.

도전자를 용납하지 않는 오만한 제왕.

그것이 단천호였다.

"이번은…… 살려 주지."

다른 가능성 때문이 아니었다. 막상 연극쌍을 죽이려고 하자 그가 가진 지위가 마음에 걸렸기 때문이다. 연가의 가주나 의천맹의 전주라는 하찮은 직함이 아닌, 아버지의 장인이라는 자리가 부담스럽게 했다.

지금 연극쌍을 죽이는 것은 손쉬운 일이지만, 이 일이 강호에 돌게 되면 아버지에게 좋지 않은 시선이 갈 수 있었다.

단천호는 그 시선을 신경 쓰지 않겠지만 아버지는 분명 그것에 부담을 가지게 될 것이다.

그리고 그런 아버지를 지켜보게 될 어머니 역시.

단천호는 어머니 유우란이 슬퍼하는 것을 보고 싶지 않았다. 마음이 너무 착한 것이 문제인 어머니다.

이미 다시는 어머니에게 걱정을 끼치지 않겠다고 다짐하지 않았던가.

'사위를 잘 둔 것을 감사해라.'

단천호는 연극쌍의 멱살을 움켜쥐었다. 그리고는 그의 얼굴을 바짝 끌어당겼다.

아버지의 장인이라고 하지만 단천호의 외조부는 연극쌍이 아니라 어머니의 부친인 유천광이었다.

"가서 전해라. 박살 난 네 몸뚱이와 공포에 질린 눈으로 너를 보는 모든 이에게 전해라. 단가장을 건드리면 누구나 이런 꼴을 당하게 된다고. 아니 이보다 더한 꼴을 당하게 된다고. 그걸 위해서 네 쓸모없는 목숨을 살려 주는 것이다. 알겠나?"

"크큭!"

연극쌍이 붉게 물든 이를 드러내고 웃었다.

단천호는 그런 연극쌍의 모습이 마음에 들지 않았다.

단천호의 눈이 조금씩 일렁이기 시작했다. 그와 동시에 그의 기세와 투기가 연극쌍의 심령을 파고들기 시작했다.

"끄으으윽……."

단천호는 사이하게 웃으며 연극쌍과 눈을 마주쳤다.

연극쌍은 보았다.

단천호의 눈을.

인간의 감정이라고는 한 점 느껴지지 않는 검고 투명한 눈을.

그 눈에 연극쌍은 무한한 공포를 느껴야 했다.

연극쌍의 눈동자가 서서히 풀리며 벌어진 입에서 피 섞인 침이 흘러나왔다.

"내게 대항한 자를 살려 두는 것은 이번이 마지막이다. 연극쌍. 뒤틀린 인연에 감사해라."

단천호는 연극쌍의 대답을 기다리지 않고 그의 몸을 그대로 바닥에 꽂아 버렸다.

의식을 잃은 연극쌍의 몸이 부르르 떨렸다. 무공을 잃게 될지 아닐지는 정확히 알 수 없지만 오늘 받은 상처를 정양하는 데만 족히 몇 년이 걸릴 것이다.

그리고 무공이 살아나든 사라지든 앞으로 연극쌍은 단천호의 단 자만 들어도 지옥과 같은 공포를 느껴야 할 것이다.

단천호는 한동안 연극쌍을 바라보다 고개를 돌렸다.

그의 뒤에는 어느새 맹주가 다가와 있었다.

"조금 과한 것 같소."

단천호는 고개를 저었다.

"내가 없었다면 단가장은 이미 강호에서 사라졌을 겁니다."

맹주는 무겁게 고개를 끄덕였다.

"단가장의 승리를 선언합니다. 연 가주께서는 이의……
대답할 상황이 아니시군."

맹주는 잠시 혀를 차다가 입을 열었다.

"미리 문서로 작성된 승자에 권한에 따라 단가장은 금
삼십만 냥과 불가침 서약, 그리고……"

맹주의 입에서 나오는 조건은 파격적이기 그지없었다.

단천호마저 멍한 눈으로 쓰러진 연극쌍을 뚫어져라 바
라보았을 정도였다.

단천호는 헛웃음을 지었다.

"차라리 다 자진하라고 하지."

연가가 내건 조건은 그 정도로 엄청났다.

삼십만 냥의 배상금. 그리고 앞으로 절대 상대 문파의
행사에 관여할 수 없다는 맹세.

게다가 가지고 있는 사업체 전부와 두 개의 전투대를
양보하는 등, 듣기만 해도 입이 벌어지는 조항을 모두 집
어넣어 버린 것이다.

그리고 그 조항들은 그대로 연가에게로 돌아갔다.

단천호는 고개를 설레설레 저었다.

"그냥 다 잡아 죽이는 내가 양반이로군. 이건 사람을
자진하게 만들어, 피를 말려 죽일 작정이군."

그 말을 듣던 맹주도 슬쩍 미소를 지었다. 자기가 보아

도 웃긴 조건이었던 모양이다.

하기야 연 가주에게 모든 조건을 일임해 버린 게 단천
호였으니 승리가 당연하다고 생각했던 연극쌍은 걸 수 있
는 모든 조건을 걸었을 터였다.

이 정도로 심할지는 몰랐지만.

"이상의 사항을 의천맹주의 이름으로 공인합니다."

"인정합니다."

단천호는 가볍게 고개를 끄덕이고는 하늘을 바라보았
다.

지금의 일은 모두 해결이 되었다.

하지만 또 하나의 일이 생겨났다.

연극쌍의 말을 신뢰할 수는 없지만 만약이라는 가능성
을 생각하지 않을 수 없었다.

그렇다면…….

누군가 단가장을 노리고 있다고 봐야 할 것이다.

단천호는 일의 흑막을 밝혀낼 필요성을 느꼈다.

그리고 단천호가 달려들기 시작한 이상 결국에는 모든
사건의 전모가 밝혀질 것이다.

그리고…….

'그들은 알게 될 것이다.'

아니, 단천호가 알려 줄 것이다.

단가장을 건드린 대가가 얼마나 큰지.

그들이 누구를 건드렸는지.

맹주는 연극쌍의 상처를 돌보고는 단천호에게 입을 열었다.

"이제 어쩔 셈인가?"

"돌아가야지요."

일이 끝난 이상 단천호는 더 이상 의천맹에 머무르고 싶지 않았다.

아무래도 이곳은 좋은 기억보다 나쁜 기억이 너무 많았다.

"그 전에 간단한 주연에라도 참석하지 않겠는가?"

단천호는 슬쩍 맹주의 얼굴을 바라보았다.

단천호의 무위를 직접 본 맹주로서는 단천호를 이대로 보내고 싶지 않을 것이다.

그런 맹주의 마음이 충분히 짐작이 갔다.

"시간이 된다면 참석하겠습니다."

공짜로 술 주고 밥 준다는데, 사양할 단천호가 아니었다.

파리 떼가 달려들 수는 있겠지만 비공개 비무이기에 여기에서 있었던 일을 발설할 수 없다.

즉 의천맹주 외에는 누구도 단천호의 무위를 알 수 없다는 말이다.

그리고 의천맹주 육문극은 신의라는 측면에서 유명한

자였다.

"그래! 내 빠른 시일 내에 주연을 준비하지!"

육문극은 육문극대로 단천호는 단천호대로 즐거운 상상을 했다.

하지만 단천호는 알아야 했다.

세상일은 항상 그렇듯 생각처럼 풀리지는 않는 것이다.

20장
—
단가장으로 복귀하다

쾅!

단천호는 한숨을 푹 쉬며 거칠게 열리는 문을 바라보았다.

그곳에는 화소소가 하얗게 질린 얼굴로 어깨를 들썩이며 서 있었다.

'대체 내 주변 여자는 왜 조신함이라는 말의 뜻을 모르는 걸까?'

단천호는 고개를 절레절레 저었다.

모용가려도 그렇고 화소소도 그렇고. 처신의 측면에서는 확실히 교육이 부족했다.

'가정교육이 문제라니까.'

여하튼 뭔가 급한 일이 있는 모양이다.

"무슨 일이오?"

"큰일 났습니다!"

단천호는 다시금 한숨을 내쉬었다.

뭘까 이 대화의 순서가 바뀐 듯한 위화감은.

"그러니까 무슨 일이오."

화소소는 말없이 품 안에 손을 넣더니 뭔가를 꺼내어 단천호에게 내밀었다.

'음?'

둘둘 말려 있는 두루마리.

그것도 손가락 하나보다 작은 크기의 두루마리였다.

"전서인가?"

단천호는 중얼거리며 화소소에게서 서찰을 받아들었다.

"그런데 뭐가 큰일이라는 거요?"

화소소는 심각한 얼굴로 입을 열었다.

"단가장에서 공자께 날아온 전서예요. 그것도 일반적인 전서구가 아니라 비천신응(飛天神鷹)을 사용한 전서예요."

"그게 뭐 어쨌다는 거요?"

화소소는 답답하다는 듯이 인상을 확 썼다.

"비천신응은 각 문파마다 한 마리씩밖에 없어요. 긴급을 요구하는 일에만 사용하기로 되어 있어요. 의천맹에 단가장이 적을 둔 이후로 비천신응이 사용된 적은 한 번도 없었어요."

"헤에?"

단천호는 손바닥 안에서 전서를 빙그르르 굴리다가 턱을 쓰다듬으며 두루마리를 펼쳤다.

긴급
이공자 단천호 속히 복귀 요망.

"흠."

단천호는 머리를 긁적였다. 긴급한 전서라고 했지만 집에 오라는 것 이외에는 아무런 설명이 없었다.

"불길하군."

단천호는 그대로 자리에 앉았다.

"뭐라고 써져 있어요?"

화소소의 말에 단천호는 별말없이 전서를 그대로 건넸다.

화소소는 심각한 얼굴로 전서를 읽더니, 고개를 갸웃거렸다.

"너무 내용이 없네요."

"내용을 쓰지 않은 거겠지."

"네?"

단천호는 머릿속에서 상상의 나래를 펼쳤다.

과도한 업무와 단천호가 집에서 가져온 삼만 냥의 부담

에 치인 아버지. 아마 지금은 고양이 손이라도 빌리고 싶은 심정일 것이다.

단천호는 피식 웃었다.

"이런다고 내가 돌아갈 줄 아나 보지? 아직 사람을 속여먹는 데는 능숙하지 못하군."

아직 의천맹주의 연회에도 참석하지 못했다.

게다가 단천호의 무위를 본 의천맹주는 자신을 회유하기 위해서 이런저런 편의를 제공할 것이다.

단가장에 돌아가면 일에 치이고, 아버지와 어머니에게 구박받겠지만 이곳에서는 누구도 자신을 건드리지 않았다.

'찝찝한 곳이긴 하지만 생각만 조금 바꾸면 천국이나 다름없지.'

연가와의 비무가 있은 후 며칠 딩굴거리며 느낀 것이다.

단천호는 이렇게 뻔한 수작에 당해 줄 생각이 없었다.

"언제 출발하실 거죠?"

화소소는 여전히 경직된 얼굴로 물었다.

"내일. 아니 모레? 여하튼 되도록 늦게."

"뭐라고요?"

"급할 것 없지 않소. 돌아가는 데 오래 걸리는 것도 아니고."

"단가장에 무슨 일이 벌어지고 있는지도 모르는데, 지금 그런 말이 나오세요?"

단천호는 어깨를 으쓱했다.

"그럴 일 없소. 그냥 자식이 노는 게 배 아픈 어떤 아버지가 꼼수를 쓴 거겠지."

화소소는 총명한 여인이다. 그래서 단천호가 하는 말이 무슨 말인지 즉각 알아들었다.

"아니에요."

"음?"

"단 공자는 지금 커다란 착각을 하고 있어요."

단천호는 눈살을 찌푸렸다.

"무슨 착각 말이오?"

"단가장은…… 아직 단 공자가 의천맹에 도착했다는 사실을 알지 못해요."

"내가 오고 나서 전서구를 날리지 않았소?"

"날렸죠. 하지만 이 전서응이 지금 도착했다는 것은 그 전서구가 도착하기도 전에 전서를 날렸다는 말이에요."

"어?"

화소소의 안색이 어두워졌다.

"단 공자는 예정보다 훨씬 일찍 의천맹에 도착했어요. 그러니 단가장은 아직 단 공자가 의천맹에 도착하지 않았을 것이라고 생각할 거예요. 그런데 이런 전서를 날렸다는 것은……."

단천호가 자리에서 일어났다.

"연가의 일보다 더 급한 일이 단가장에서 터졌다?"

"그렇죠."

"쉴 시간도 안 주는 더러운 세상 같으니."

단천호는 바람처럼 짐을 쌌다. 어차피 가지고 온 것도 얼마 없었기에 짐을 싸는 데 얼마 걸리지 않았다.

"그럼."

"지금 바로 가실 건가요?"

"급하다고 말한 건 비호당주 아니오?"

"그래도 맹주님께 인사라도……."

"대신 해 주시오."

단천호는 화소소를 보며 싱긋이 웃었다.

"고마웠소."

단천호의 모습이 그 자리에서 사라졌다.

"어엇!"

화소소는 단천호가 순식간에 사라져 버리자 놀라서 좌우를 살피다가 나직하게 한숨을 내쉬었다.

"이상한 사람."

하남의 낙양에서 단가장이 있는 무한까지는 대략 천 리 길이다. 보통 사람이 이 거리를 걸어간다면 대략 한 달이 걸릴 것이다.

물론 이것은 걸어갈 때를 따진 것이므로 적절히 말을

타고 낮 동안에만 관도로 달린다면 아무리 오래 걸려도 열흘을 넘기지 않고 도착할 거리이기도 하다.

그러나 무림인이라면?

그것도 절정에 달하는 무인이라면?

단천호는 그것에 대한 해답을 보여 주고 있었다.

단천호는 낙양에서 무한까지 천 리 길을 단 이틀 만에 주파하는 기염을 토했다. 밤이 되어도 쉬지 않고 끊임없이 달린 결과였다.

낙양에 갈 때도 단천호가 유람을 할 생각이 없었고, 모용가려가 따라붙지 않았다면 이틀 만에 도착했을 것이다.

덕분에 좋은 일도 있었지만…….

단천호는 단가장의 정문에 서서 얼굴을 굳혔다.

단가장은 변한 것이 없었다. 문이 굳게 닫혀 있었지만 문 안에서 느껴지는 인기척은 단가장에 큰일이 벌어지지 않았다는 것을 말해 주고 있었다.

변한 것은 하나였다.

아주 사소한 것 한 가지였다.

그리고 그것이 단천호의 눈살을 찌푸리게 만들었다.

단가장의 정문에는 당연히 현판이 걸려 있다. 나름 역사가 있는 단가장이니만큼 현판도 오래되었고 용사비등(龍蛇飛騰)한 필체로 쓰여 있는 현판은 단가장의 자랑 중 하나였다.

"문 열어라."

단천호는 딱딱하게 굳은 얼굴로 문으로 다가가 말했다.

"무슨 용무십니까?"

문 안에서 목소리가 들려왔다.

단천호의 얼굴이 조금 더 굳었다.

"나다."

"예?"

단천호의 인내심은 거기서 끊겼다.

콰앙!

단천호가 정문을 그대로 걷어찼다.

"아이고!"

커다란 비명 소리와 함께 문이 산산조각이 되어 날았다.

"웬 놈…… 허억! 이공자님!"

문이 부서지는 것을 보고 달려온 무사들이 단천호의 얼굴을 확인하자마자 귀신이라도 본 듯이 그 자리에 엎드렸다.

"유초를 불러와라. 육 총관과 단천룡도 데려와라."

"예?"

"당장!"

"예! 예! 알겠습니다!"

무사는 화들짝 놀라서 자리에서 일어나더니 전력을 다

해 달려갔다.

단천호는 인상을 썼다.

마음에 들지 않는다. 영 마음에 들지 않았다.

얼마 지나지 않아 육 총관을 제외한 유초와 단천룡이 뛰어왔다.

"이공자님! 오셨습니까!"

유초는 단천호의 모습을 보자마자 무릎을 꿇었다.

동시에 유초는 단천호의 표정을 곁눈질했다. 그는 자신의 짧은 평화가 끝났다는 사실을 실감했다.

단천호는 딱딱하게 굳은 얼굴로 유초에게 말했다.

"설명해 봐."

"예?"

"집안 꼴이 왜 이런지 설명해 봐."

"그…… 그게…….."

퍽!

유초가 머뭇거리자 단천호는 즉시 유초를 걷어찼다.

"커억!

유초는 비명을 지르며 바닥을 굴렀다.

"감을 잃은 모양이지? 머리 굴리지 말고 생각나는 그대로 말해."

"죄, 죄송합니다!"

단천룡이 단천호를 만류하고 나섰다.

"그만해라. 유 대주는 죄가 없다."

단천호의 시선이 단천룡에게 꼽혔다.

"아버지는?"

"아버님은 지금 폐관에 드셨다."

"폐관?"

"설명하자면 길다."

"그럼 지금 가주 자리는?"

"……일단 내가 맡고 있다."

단천호는 인상을 썼다.

단천룡이 찔끔해 고개를 돌렸다.

왜 아니겠는가?

단천룡은 죄인의 신분이다. 아무리 죗값을 치렀다고는 하나 아직은 자숙해야 할 때였다.

그런데 단무성은 단천룡을 벌하기보다는 용서하고 가주 대행이라는 자리를 줌으로써 단천호에게 밀리고 있는 단천룡의 자신감을 북돋아 주려 한 모양이었다.

"그럼 네가 지금 가주 대행인가?"

단천룡은 고개를 끄덕였다.

"이제 네가 왔으니 네가 가주 대행이 되겠지."

단천호는 차가운 눈으로 단천룡을 바라보았다.

"단천룡."

"……."

"넌 뭘한 거냐?"

"그게⋯⋯."

단천호의 손이 허공을 향해 들렸다.

콰드득!

나무가 부러지는 소리와 함께 단가장의 정문에 달려 있던 현판이 허공으로 붕 떠오르더니 단천호의 손을 향해 날아왔다.

단가장(團家莊).

일체의 수식어 없이 이름만이 조각되어 있는 현판.

단천호는 이 깔끔함이 무척 마음에 들었다.

하지만 지금 단천호의 눈에 보이는 현판은 마음에 들지 않았다. 금이 간 현판을 마음에 들어 할 사람이 누가 있는가.

"이게 대체 무슨 사태인지 내게 설명해 줄 생각이 있나?"

단천호의 목소리는 차갑기 그지없었다.

단천룡은 말이 없었다.

"간만에 돌아왔더니 아버지는 폐관에 드셨고, 현판은 금이 가 있다. 내가 생각하고 있는 사태가 맞는 건가?"

"그게⋯⋯."

"아니, 아무래도 좋다. 아무래도 좋은데, 넌 왜 이 현판을 그대로 걸어 뒀냐?"

"……."

"현판이란 건 세가의 얼굴이다. 지나가는 사람 모두 이 현판을 바라보고 이곳이 단가장이라는 것을 알고, 단가장의 위상을 떠올린다. 그런데 금이 간 현판을 보고 그들이 무슨 생각을 했을까?"

단천룡은 아무런 말을 할 수 없었다.

단천호는 단천룡의 멱살을 움켜잡았다.

"말해 봐, 가주 대행. 내가 납득하지 못할 일이면 넌 무사하지 못해."

"그게……."

단천룡은 한숨을 푹 내쉬었다.

어디부터 설명해야 할까? 이 꼬이고 꼬인 상황을…….

단천룡은 단천호가 떠난 그 시점부터 설명을 하기 시작했다.

"입마(入魔)?"

단천룡이 고개를 끄덕였다.

"아버지가 주화입마에 드셨다고?"

"그래."

"무슨 놈의……."

단천호의 인상이 찌푸려졌다.

아무리 바람 솔솔 새는 구멍투성이 무공이라고 해도 단가장의 청령진기는 정종의 무공이었다. 웬만해서는 입마에 들지 않는 무공이라는 것이다.

그런데 입마에 들었다?

"무리했구면."

단천호는 혀를 찼다.

단무성은 단기간에 무공을 크게 높이기 위해서 무리를 한 것이 틀림없었다.

그리고 그 이유도 대충 짐작이 갔다.

"누가 뒷방으로 물러나라고 할까 봐 그러신데? 에잉!"

단무성은 알아보았을 것이다. 이제 단천호가 단무성보다 더 강하다는 것을.

무가에서 아들에게 추월당한 아버지는 보통 모든 것을 물려주고 뒤로 물러나기 마련이다.

단무성 역시 그것을 알고 있었겠지만 문제는 그 시기가 너무 빨리 왔다는 것이다.

단무성의 나이는 이제 겨우 마흔이다. 마흔의 나이에 뒷방으로 물러나거나 태상가주라는 직책을 맞는 것은 단무성의 혈기와 자존심이 용납하지 않는 것이다.

그러니 단무성은 자신의 무공을 높이기 위해서 노력했을 것이고, 그 노력이 과해서 입마에 들고 만 것이다.

"원래 상처가 있으셨는데, 무리하셨는지……."

"상처? 그건 또 무슨 소리야?"

단천룡은 한숨을 푹 내쉬며 단천호와 모용장천 사이에 있었던 일을 설명했다.

"모용가 이 잡것들은 하여튼 상종 못 할 인간들이야."

단천호는 고개를 절레절레 저었다.

"여하튼 그러니까, 아버지는 입마에 들어서 폐관에 들었다?"

단천룡이 고개를 끄덕였다.

"그게 다는 아니겠지?"

단천룡은 잔뜩 굳은 얼굴로 상황을 설명했다.

"아버지가 폐관에 드신 지 나흘째였다."

"가주님!"

가주전에서 단무성을 대신해 업무를 보느라 검은 기운이 턱 끝까지 내려온 단천룡이 고개를 들었다.

"초…… 총관……. 나 더 이상은 못 합니다! 또 얼마나 일을 주시려고!"

"그게 아닙니다! 큰일 났습니다!"

육 총관의 얼굴에는 다급함이 가득했다.

단천룡은 순간 뭔가 잘못되었다는 것을 느끼고 자리에서 벌떡 일어났다.

"무슨 일입니까?"

"나와 보셔야겠습니다. 손님이 왔습니다."

"손님?"

"예. 그것도 청하지 않은 손님입니다."

단천룡은 육 총관의 말을 즉각 이해했다. 청하지 않은 손님이 왔다는 것은 단가장에 용무가 있는 사람이 왔다는 뜻이다.

선자불래 래자불선이라 했으니 분명 좋은 용무로 온 사람은 아닐 것이다.

"하필 이때에!"

단천룡은 답답한 마음을 다스리며 가주전을 나섰다.

그는 지금 가주 대행이다. 입마에 든 부친 대신 단가장의 이름을 책임져야 할 의무가 있었다.

아니 그 전에……

뭔가 일을 잘못 처리해서 단가장의 이름에 누가 간다면……

지금 의천맹으로 향하고 있을 악귀 같은 놈이 단천룡의 목을 뽑아 버릴지도 모를 일이었다.

"흐으."

단천룡은 몸을 부르르 떨었다. 절대 그런 상황만은 막

아야 했다.

가주전을 나와 대연무장으로 향한 단천룡은 낯선 자들을 둘러싸고 있는 정천대를 볼 수 있었다.

"물러나라."

"충!"

정천대는 단천룡의 명이 떨어지자 좌우로 물러나 길을 만들어 주었다.

단천룡은 그 사이로 걸어 들어가 단가장를 방문한 자들을 바라보았다.

"의형문주(義炯門主)님 아니십니까?"

단천룡은 얼떨떨한 기분으로 말했다.

눈앞에 있는 자는 의형문의 문주와 호법 들이었다.

"어린놈과는 할 말이 없다. 단 장주를 불러와라!"

"장주께서는 지금 폐관에 드셨습니다. 미욱하지만 제가 대행을 맡고 있으니 용건이 있으시면 제게 말씀하십시오."

의형문주 엽량(葉量)은 코웃음을 쳤다.

"찔리는 게 있으니 폐관에 들었군. 그런다고 우리가 순순히 물러갈 줄 알았단 말이냐?"

단천룡은 고개를 갸웃거렸다.

"무슨 말씀이신지 모르겠습니다."

"끝까지 발뺌하시겠다? 좌호법. 가지고 오게."

엽량의 말이 떨어지자마자 엽량의 옆에 있던 노인이 몸

을 날리더니 커다란 거적때기를 가지고 들어왔다.

거적때기는 무언가를 둘둘 말고 있었다.

"음?"

좌호법이라 불린 노인은 거적때기를 조심스럽게 내려놓았다.

"이게 뭡니까?"

"보면 알 것 아니냐!"

"전 모르겠습니다."

"흥!"

엽량의 손이 살짝 움직이자 거적이 저절로 펴지며 거뭇한 물체가 드러났다.

단천룡은 인상을 확 썼다.

드러난 것은 사람의 시체였다.

"무슨 뜻입니까?"

"끝까지 발뺌하는군. 여기 누워 있는 시체는 우리 의형문의 제자다. 며칠 전 단가장의 무사와 시비가 붙었다가 살해당했지!"

"예?"

"모르는 척하지 마라! 너희도 알고 있었으니 장주가 폐관에 든 것이 아니냐!"

"저는 정말 몰랐던 일입니다."

"쓸데없는 변명은 필요 없다. 어떻게 할 셈이냐!"

"저희도 자체적인 조사가 필요합니다."

쾅!

의형문주 엽량은 강하게 진각을 밟았다. 엽량의 발이 대리석 바닥을 뚫고 반 자나 바닥에 박혀 들었다.

"지금 내가 거짓말을 하고 있다는 말이냐?"

"모든 일에는 절차가 있는 법입니다."

"어린놈이 말은 잘하는군. 그래서? 사실일 경우에는 어떻게 하겠다는 말이냐?"

"그게……."

단천룡은 머리가 복잡해져 왔다. 그는 가주 대행이다. 대부분의 가벼운 업무는 처리할 수 있었지만 이런 상황에서 어떻게 해야 하는지는 아는 바가 없었다.

"사실로 밝혀질 때는 충분한 보상을 해 드리겠습니다."

"보상? 단 장주의 목이라도 줄 셈이냐?"

"말이 심하십니다!"

"흥!"

단천룡이 노기에 찬 얼굴로 엽량을 노려보았다.

그는 지금 단가장의 가주 대행이다.

"단가장을 뭘로 보고 있기에 그딴 망발을 하고 행패를 부린다는 말이오!"

"너희야말로 의형문을 뭘로 보았기에 의형문의 제자를 상하게 한다는 말이냐! 그동안 우리는 단가를 인정하고 단가의 행사를 방해하지 않았다. 그 대가가 이거냐? 긴말 필요 없다. 비무를 청한다. 단 장주와 비무를 하여 의형문의 자존심을 되찾고 죽은 제자의 원혼을 달랠 것이다!"

"의형문주!"

"단무성을 불러와라!"

단천룡은 노기에 차 고함을 치려고 했다. 그러나 그 순간 머리를 스치고 지나가는 것이 있었다.

상황이 너무나도 공교롭다. 하필 단무성이 폐관에 든 시기에 이렇게 단 가주와 비무를 하겠다고 찾아온 것이 우연일까?

단천룡은 잠시 고민하다 입을 열었다.

"그럼 비무는 언제로 하시겠습니까?"

"뭣이?"

단천룡은 순간 당황하는 의형문주의 모습을 놓치지 않았다.

단천룡은 알 수 있었다. 이들은 단무성이 폐관에 들었다는 사실을 알고 있다. 그리고 그 틈을 노려 찾아온 것이다.

만약 여기서 비무를 하지 않겠다고 한다면 단가장의 장주가 의형문주와의 비무를 겁이 나서 거절했다는 소문이 퍼지게 될 것이다.

"비무를 하실 거라면 그 시기를 정하셨겠죠?"

"……지, 지금이다! 지금 당장 하겠다."

단천룡은 고개를 저었다.

"안 됩니다. 저희도 자체적으로 조사를 할 시간이 필요합니다. 꼭 비무를 하셔야겠다면 이레 뒤로 하겠습니다. 그사이에 이 사건이 오해로 비롯된 것이라면 언제든 비무를 파할 수 있게 해 주십시오."

"난 기다릴 시간이 없다!"

단천룡은 날카로운 눈으로 의형문주를 바라보았다.

"억지 부리지 마십시오. 강호의 눈이 두렵지 않습니까?"

"크윽!"

엽량은 잠시 치를 떨더니 호법들과 눈짓을 나누었다. 아마도 전음으로 상의를 하는 모양이었다.

"좋다! 이레 뒤다. 이레 뒤, 이 자리에서 비무를 하겠다!"

"좋습니다."

"똑똑히 기억해 둬라. 내 반드시 억울하게 죽어 간 제자의 원혼을 갚고 말 것이다!"

단천룡은 설명을 마치고 단천호의 눈치를 살폈다.

단천호는 뭔가 골똘히 생각하는 듯하더니, 입을 열었다.

"그래서 전서를 보냈다고?"

"그렇다."

"조사 결과는?"

"정천대의 대원 중 하나가 주루에서 사소한 시비를 벌인 적은 있는데, 손을 댄 적은 없다고 했다."

"그쪽의 반응은?"

"……거짓말하지 말라는 식이더군."

"작정했군. 아버지는?"

"아직…… 말씀 못 드렸다."

단천호는 한숨을 쉬었다.

"왜? 설마 니가 가주 대행으로 있을 때, 사건이 터진 것을 알리고 싶지 않아서라는 대답을 할 생각은 아니겠지?"

"난 그렇게 생각이 없지 않다. 아버지는 지금 입마에 드셨다. 그러니 지금은 이런저런 곳에 신경을 써서는 안 된다고 생각했다."

단천호는 고개를 끄덕였다.

단천룡이 부친에게 알리지 않고 바로 단천호에게 연락을 한 것은 괜찮은 생각이었다.

문제는 옳은 것은 그것뿐이었다는 것이다.

"그래서?"

"응?"

"그래서 넌 뭘 했나?"

"……무슨 소리냐?"

단천룡은 단천호의 분위기가 살짝 변한 것을 느끼고는

몸을 살짝 뒤로 뺐다.

"현판에 금이 간 것도 모르고, 그놈들은 그렇게 돌려보내고는 지금까지 내가 돌아오는 것을 손가락 빨면서 기다렸다?"

"……그, 그게……."

단천룡은 할 말이 없었다.

단천호의 말은 모두 사실이었다.

하지만 상황이 어찌 그랬던가? 내부 조사와 일 처리를 한다고 대문 밖으로 나가 본 적도 없었다. 가주 대행이 그런 일을 일일이 확인하고 다닐 수는 없는 것 아닌가.

일 처리 역시 가주 대행인 그가 나서서 해결하기에는 민감한 사항이 많았다.

단천룡은 아직 약관의 나이에 불과하다. 더 많은 것을 배우고 겪어야 한 사람의 무인이 되는 것이다.

단천호의 눈이 너무 높은 것이 단천룡을 부담스럽게 했다.

"넌 뭘 했나?"

단천호의 눈이 유초에게로 돌아갔다.

"……예?"

단천호는 단천룡을 보던 시선 그대로 유초를 바라보았다.

"단가장이 개무시당하는데, 대주라는 놈이 뭘 하고 있었나?"

"……죄송합니다."

"이놈이고, 저놈이고……."

단천호의 얼굴이 차갑게 굳었다.

단천룡은 고개를 가로저으며 말했다.

"유 대주는 잘못이 없다. 굳이 잘못을 따지자면 내가……."

"병신 새끼들이 발악을 하는구나. 자기들이 무슨 잘못을 했는지도 모르는 것들이 끼리끼리 치켜세워 주고 두둔해 주면 상황이 나아지기라도 하냐?"

"……."

단천호는 화가 났다. 그것도 무척 화가 났다.

그가 없는 사이에 단가장에 일이 터져서가 아니고, 듣도 보도 못한 놈들에게 단가장이 무시받았다는 생각 때문도 아니다.

"니들이 그러고도 단가장의 식솔이냐!"

단천호의 목소리가 크게 터져 나왔다.

단천호의 고함에 단천룡은 얼굴을 붉혔다.

"문파와 문파 간의 일은 섣불리 해결하려고 들어서는 안 된다. 이것은 아버지의 가르침이고 보편타당한 이치다. 어설프게 잘못 대응했다가는 강호에 안 좋은 말이 돌 수도 있다."

"개소리하고 자빠졌네."

"천호야!"

단천호는 단천룡의 멱살을 움켜잡았다. 그리고 자신의
얼굴을 바짝 들이밀었다.

"개념 찾아라, 단천룡. 난 아직 너를 형으로 인정하지
않았다. 아니, 이번 사건 덕분에 너 같은 놈이 내 핏줄이
라는 사실조차 화가 나고 있으니까 제발 더 이상 나를 화
나게 하지 마라."

단천룡은 가슴이 답답해져 왔다. 도대체 그가 무슨 잘못
을 했단 말인가? 부친이 계셨어도 자신과 똑같이 행동했을
것이다. 단천호는 지금 대체 무슨 말을 하고 있는 것인가!

"나는……."

"넌 알고 있었잖아. 넌 재수 없는 놈이기는 하지만 멍
청하지는 않으니까 알고 있었겠지. 어설픈 트집이라는 것.
그놈들이 아버지가 폐관하신 걸 알고 노리고 찾아왔다는
것. 몰랐나?"

"안다. 그래서 더욱……."

"그 입 다물어. 그 멍청한 머리통을 날려 버리기 전에.
잘 들어. 내가 똑똑히 설명해 주지. 그놈들은 단가장을 욕
보이려 했다. 단가장을 쉽게 보고 감히 농락하려 들었다."

"……."

"이치? 대응? 황궁에서 황제를 욕보이려 한 자에게 이
런저런 상황을 보아 가며 대응을 하나?"

단천룡은 대답하지 못했다.

"너 스스로 단가장을 높이 보지 않으니 아무렇지도 않았겠지. 감히 그따위 쥐새끼들이 단가장의 이름을 욕보이려 하는데, 화가 나고 열불이 나지 않았겠지. 나였다면 그놈들이 어설픈 수작을 한 즉시 사지를 찢어 죽여 버렸을 것이다."

"하지만 세간의 시선이……."

단천호는 단천룡의 멱살을 잡은 채 강하게 그를 밀었다.

단천룡이 균형을 잃고 바닥에 주저앉았다.

"이 멍청한 새끼야. 강호는 강자의 것이다. 누군가 침범하려 했을 때 강하게 밟지 못한다면 모두가 그들을 얕잡아 보게 된다. 아! 나도 그래도 되는구나 하고 생각하게 된다고. 넌 지금 다른 문파들에게 단가장에게는 수작을 걸어도 큰 문제가 없겠구나 하고 생각할 여지를 준 거다. 이 빌어먹을 자식아!"

"……."

"아니, 그 전에 네가 단가장이라면 네 아버지와 비무를 하겠다고 덤비는 개자식을 보고 어떻게 참고 있었나? 그게 니가 말하는 냉정함이고 이치냐? 혀 깨물고 죽어 버려라."

단천호의 시선이 유초를 향했다.

"유초."

"옛!"

퍼억!

단천호의 발이 유초의 복부를 걷어찼다.

유초가 일 장이나 뒤로 밀려났지만 그는 신음 소리 한 번 내지 않았다.

"말해 봐."

유초는 단천호의 말을 알아들었는지 고개를 끄덕이고 입을 열었다.

"저는 세 가지 잘못을 저질렀습니다."

단천호의 눈이 날카롭게 빛났다.

"첫 번째, 감히 단가장의 이름을 욕보이려 한 자들을 곱게 돌려보내 준 죄. 두 번째는 감히 가주의 이름을 가벼이 입에 올린 자들을 벌하지 않은 죄. 세 번째는 단가장의 얼굴인 현판이 상했다는 것도 몰랐다는 죄입니다."

퍼억!

단천호의 발이 다시 유초의 배를 걷어찼다.

이번에도 유초는 신음조차 내지 않았다.

"하나 더!"

"……죄송합니다."

단천호의 눈이 차가워졌다.

"몰라?"

"……."

"넌 스스로 잘못을 고했기에 이번은 용서해 준다. 잘

들어라 네 마지막 잘못은 감히 그 쥐새끼가 가주 대행에
게 함부로 말을 하는데 그것을 벌하지 않은 죄다."

유초의 눈이 단천룡을 향하더니 바닥에 부복했다.

"죽을죄를 지었습니다."

"너희 유호대는 특히 더 화를 내고 분노해야 한다. 너
희는 무시받고 싶지 않겠지?"

"그렇습니다!"

"그렇다면 어디에서도 단가장이 무시받지 않게 해라.
단가장의 이름은 너희의 이름을 대변한다. 유호대가 아무
리 강해져도 단가장이 무시받는다면 너희 역시 무시받는
것이다."

"명심하겠습니다."

단천호는 고개를 끄덕였다.

처음 보았을 때의 유초라면 어설프게 변명하거나 자신
의 잘못조차 모르다가 개 맞듯이 맞았을 것이다. 의형문주
를 곱게 돌려보낸 것이 잘못이라고 말하는 것은 스스로에
대한 자신감이 붙었기에 가능한 말이다.

과거의 유초라면 의형문주라는 이름 앞에 자신이나 자
신의 문파가 모욕받았다는 생각조차 하지 못했을 것이다.

유초는 성장했다.

단천호는 그것이 마음에 들었다.

"잘 들어라."

단천호의 눈이 단천룡과 유초를 동시에 바라보았다.

"내가 가장 마음에 안 드는 것은 너희가 단가장라는 이름에 자부심을 느끼지 못한다는 것이다. 단천룡. 네가 만약 쥐새끼가 덤빈다고 호랑이가 일일이 대응해서야 되겠나는 식으로 대답했다면 나는 널 탓하지 않았을 것이다. 나와 방식은 달라도 그건 단가장에 대한 자부심이 있는 대답이니까."

단천룡은 그제야 단천호의 말을 이해했다. 단천호는 감히 누군가 단가장에 와서 시비를 건다는 상황 자체를 참아 낼 수 없었던 것이다.

그것을 해결하고 해결하지 못하고는 후자의 문제다. 단천룡이 단가장에 대해 자부심이 컸다면 사건의 원만한 해결 이전에 그 상황에 대해 분노했을 것이다.

하지만 단천룡은 분노하지 않았다. 누군가 단가장을 쉽게 보는 것이 있을 만한 일이라고 생각했기 때문이다.

"유초. 네가 단가장에 자부심을 가지고 있었다면……."

"저는 가주 대행에게 말을 함부로 하는 놈의 입을 찢어 놨어야 했습니다. 감히 누구도 단가장의 이름 앞에 그따위 언행을 할 수 없습니다."

"잘 아는군."

유초 역시 단천호의 말을 이해한 것 같았다.

단천룡은 무심코 머릿속의 말을 중얼거렸다.

"자신이 자신의 문파에 자부심을 느끼지 못하면 누구도 그 문파를 위대하게 생각하지 못한다……."

"뭘 잘못했는지 알겠나?"

단천룡은 고개를 끄덕였다.

"단가장!"

단천호는 크게 고함쳤다.

"지금 이 순간부터 어느 누구도 감히 단가장의 이름에 대항하지 못하도록! 누구라도 단가장이라는 이름이 거대한 산으로 느껴지도록 해야 하는 거다! 그게 단가장의 식솔인 너희의 사명이다! 이 개자식들아!"

단천호는 무척 분노하고 있었다.

힘이 없는 것은 죄가 아니다. 죄는 힘이 없다고 고개를 숙이는 것이다.

단가장의 식솔은 절대 고개를 숙이거나 다른 것을 의식해서는 안 된다.

강자는 세상의 눈과 법칙을 신경 쓰지 않는다.

강자가 하는 것이, 곧 법이 된다.

"유초!"

"예!"

"유호대 소집."

"반 각 이내에 전원 집합하겠습니다!"

"단천룡! 정천대 모아. 단가무쌍대도."

"알겠다."

단천호는 스산한 눈으로 정문을 바라보았다.

"단가장을 건드린 대가가 얼마나 큰지……. 곧 알게 될
것이다."

⋘✦⋙

단천호는 일의 선후를 아는 사람이었다. 의형문을 벌하
는 건 물론 중요한 일이다. 하지만 더 중요한 일은 입마에
빠진 아버지를 살피는 일이다.

가주전 지하에는 단가장의 가주가 사용하는 연공실이
있다.

단천호는 조심스레 연공실의 문에 손을 댔다.

안에서 걸어 놓은 문은 원래 밖에서 열 방법이 없었지
만 단천호에게는 아무런 문제가 되지 않았다. 벽 건너에
있는 물건을 움직이는 것은 식은 죽 먹기보다 쉬운 일이
었으니까.

단천호는 문을 열고 안으로 들어갔다.

행여 아버지의 몸에 피해를 줄까 단천호는 미세한 공기
의 파동과 기의 파동 하나하나를 억제하며 걸음을 옮겼다.

연공실 구석에 있는 낡은 침상. 그 위에 아버지가 가부
좌를 틀고 앉아 있었다.

아버지의 모습은 그리 좋아 보이지 않았다. 입가에서부터 턱 끝까지 붉은 핏자국이 문신처럼 새겨져 있었다. 가슴에는 얼마나 많은 피를 흘렸었는지 검은 피가 말라붙어 있었다.

단천호는 가라앉은 눈으로 아버지를 주시했다.

과거의 단천호에게 단무성은 좋은 아버지가 아니었다.

아니, 어쩌면 최악의 아버지라고 해도 좋을 만큼 끔찍한 기억뿐이었다.

그렇기에 다시 살아났을 때, 단천호가 처음 한 일은 아버지에 대한 반감을 드러내는 일이었다.

그러나 지금의 아버지는 과거 그가 보던 아버지와는 너무도 달랐다.

그것이 이해할 수 없던 일 중에 하나였다.

단천호는 과거의 아버지와 지금의 아버지가 똑같은 사람이라는 것을 인정할 수 있었다.

어렸기에 보지 못했던 것. 길이 갈렸기에 알 수 없었던 것.

단가장은 약하다.

그것이 진정한 문제였다.

단무성이 비호당주의 자리에 오르기까지 오대세가와 구파일방 같은 명문들에게 얼마나 설움을 받았겠는가.

강자존.

단무성은 누구보다 그 사실을 잘 알고 있었다.

그런 그에게 무공을 제대로 익히지 못하고 성격마저 음침한 둘째 아들에게 해 줄 수 있는 것이 뭐가 있었을까?

단무성은 단천룡이 단천호를 괴롭힌다는 것을 알면서도 그것을 방치했다. 자신이 죽고 나면 어차피 막을 수 없는 일이었고, 세가를 벗어나게 되면 더 심한 일을 당할 수도 있다는 것을 알았기 때문이다.

여기에 중소 문파의 문주인 단무성의 비애가 있었다. 자신이 조금 더 강했다면 단천호를 감쌌을 것이다. 정이 많은 사람이니까.

하지만 자신과 단가장은 약했고, 자신이 단천호를 감싸는 것이 아무런 도움이 되지 않는다는 것을 너무나 절실히 알고 있었다.

'아버지······.'

단천호는 천천히 단무성에게 다가갔다.

단무성의 안색은 창백하기 그지없었다. 단천룡이 말한 것보다 몇 배는 위중해 보이는 상태였다.

아마도 자식에게 걱정을 끼치기 싫어서 억지로 태연한 척했겠지.

단천호는 보지 않아도 짐작할 수 있었다.

왜 이렇게까지 무리하게 수련했던 것일까?

단천호는 단무성의 등 뒤로 돌아갔다.

아버지의 등이 거기에 있었다.

강인하지 못하고 작아 보이기도 하지만 누구보다 넓고 따뜻한 등이 거기에 있었다.

"그렇게까지 함께 가고 싶었던 겁니까?"

단가장의 비상을 누구보다 바랐던 것은 단천호도 단천 룡도 아니다. 반역을 일으키려 했었던 단가무쌍대도 아니 고, 강해지고자 눈물을 흘렸던 유호대도 아니다.

무정한 강호의 세파를 온몸으로 받아 내며 피눈물을 흘렸던 단무성인 것이다.

단무성은 단천호에게서 희망을 보았을 것이다. 그리고 느꼈을 것이다.

이대로라면 자신은 단천호와 함께 걷지 못한다는 것을.

자식에게 짐이 되느니 물러나는 것이 맞았지만 단무성 은 기어서라도 함께 가는 것을 택했다. 미련한 짓이었지 만……

단천호는 단무성의 등에 장심을 가져다 대었다.

"같이 갑시다. 아버지."

단천호의 기운이 단무성의 몸 안을 파고들기 시작했다.

뒤틀린 경락과 기혈이 자리를 잡아갔다.

그렇게 잠시의 시간이 흐른 뒤, 단천호는 단무성의 등 에서 손을 떼었다.

단무성은 한층 나아진 얼굴로 운기에 돌입했다.

이젠 시간이 문제일 뿐이다.

단천호는 가만히 단무성의 얼굴을 바라보았다.

자신과 닮은 남자가 그곳에 앉아 있었다.

어느새 얼굴에 하나둘씩 생겨나 있는 주름이 단천호의 왼쪽 가슴을 살짝 쓰리게 했다.

"모르겠습니다."

단무성에게는 들리지 않겠지만 단천호는 말했다.

"나는 아버지를 증오했습니다. 그리고 지금도 그렇게 좋아하지는 않습니다."

솔직한 단천호의 심정이었다.

"하지만 아버지 당신께서 누군가에게 무시받는 것은 상상조차 할 수 없고, 당신이 누구의 아래에 있다는 것 역시 상상할 수 없습니다."

단천호의 머리 위에 있을 수 있는 존재.

그것은 부모. 그 이름뿐이었다.

"데려가 드리겠습니다. 강호의 가장 위. 아니, 함께⋯⋯ 함께 갑시다. 아버지."

단천호는 몸을 돌려 연공실을 나왔다.

운기를 하는 단무성의 얼굴에 미소가 감돌았다.

21장 ─ 단가장! 그 이름을 떨치다

"유호대 총원 오십 인! 집결 완료했습니다!"

"정천대 총원 칠십 인! 집결 완료했습니다!"

대연무장 앞에는 가주전이 있고, 가주전의 정문을 열면 커다란 태사의가 세 개 있다.

공식적인 일이나 가문의 대사를 처리할 때 사용하게 되어 있는 곳이다.

단천호는 태사의에 앉아 턱을 쓰다듬었다.

총관 육만리의 주재하에 가주 대행의 자리는 단천호에게로 옮겨졌다.

단천룡은 계단 아래에서 정천대와 유호대를 바라보고 있었다.

"단천룡."

"말씀 받듭니다."

지금 단천호는 가주 대행이므로 감히 단천룡이 반말을 할 수는 없는 노릇이었다.

물론 반대의 경우에도 당연히 그래야 하지만 단천호는 예의나 법도라고는 쥐뿔도 몰랐고, 알아도 행할 생각이 당연히 없었기에 단천룡이 가주 대행일 때도 존대하지 않았다.

"임시로 단가주 단무성의 장자인 단천룡의 소가주 위(位)를 복원한다."

"감사합니다!"

"황귀!"

"말씀 받듭니다!"

"단가무쌍대의 처벌을 일시적으로 해제한다. 금제를 풀고 무장을 갖춘다."

"감사합니다!"

"소가주 단천룡은 들으라."

"충!"

"소가주 단천룡은 단가무쌍대와 정천대를 이끌고 의형문을 포위한다. 쥐새끼 한 마리 빠져나가게 하지 마라."

"충!"

"유호대주!"

"충!"

"유초를 위시한 유호대는 나를 호위하여 의형문에 돌입한다. 막는 자는 누구도 살려 두지 마라."

"충!"

유초가 그 자리에 시립했다.

"육 총관."

"하명하십시오."

"육 총관은 나와 소가주가 자리를 비운 동안 단가장의 대소사를 처리하도록 하게."

"알겠습니다."

"곧 아버지께서 폐관을 깨실 것이다. 사정은 알아서 설명드리고 곧 돌아온다고 말씀드리도록."

"알겠습니다."

단천호는 자리에서 일어났다.

무척이나 오랜만에 누군가를 이끌고 전투에 임하는 기분이었다. 실제로도 오랜만이었다.

"들어라!"

단천호의 눈이 이백여 명에 가까운 무사들을 천천히 훑었다.

단천호와 눈이 마주친 자들은 모두 움찔했지만 이내 눈을 부릅뜨고 이를 악문 채 단천호를 바라보았다.

"감히 단가장을 모욕한 자들이 있다."

모두가 숨죽였다.

"단가장을 모욕한다는 것은 곧 나를 모욕한다는 것이고, 가주를 모욕한 것이며, 너희 전체를 모욕한 것이다."

"……!"

"너희 중 모욕을 받고 참을 자, 지금 단가장을 떠나라."

아무도 나서지 않았다.

단천호는 그들을 가만히 바라보다가 천천히 기세를 뿜어냈다.

단천호의 몸에서 뿜어 나온 기세가 정렬한 이백 인의 옷자락을 미친 듯이 펄럭이게 하고, 사방에서 광풍을 불러왔다.

"나는……."

모두가 침을 삼키며 단천호를 바라보았다.

"나는 알려 줄 것이다."

단천호의 발이 바닥을 굴렀다.

쿠웅!

일순 단천호가 뿜어내던 기파가 순간적으로 사라졌다.

그러나 이제는 정렬해 있는 무사들이 한 덩어리가 되어 칼날 같은 기세를 뿜어냈다.

"그들에게 단가장을 건드린 대가가 얼마나 큰지 알려 줄 것이다! 그래서!"

단천호의 눈이 빛났다.

"단가장이 얼마나 위대한지 만천하에 똑똑히 보여 줄 것이다!"

단천호의 마지막 말은 거의 고함에 가까웠다.

"너희들은 나와 함께 가겠는가?"

"충!"

이백에 달하는 인원이 입을 맞춰 일제히 대답했다.

그 모습은 진정 장관이었다.

그들은 이제 모두 단천호의 진실한 모습을 알고 있었다. 연가의 무력 부대를 혼자서 박살 내 버린 것이 단천호라는 사실도 모두 짐작하고 있었다.

지금까지의 단가장은 약했다. 하지만 지금부터의 단가장은 결코 약하지 않다는 것을 모두 알고 있는 것이다.

"소리 질러라."

"……?"

"하고 싶은 말! 적들에게 내뱉고 싶은 말! 속에 차오르는 말! 고함! 외침! 있는 그대로 지르란 말이다!"

모두 잠시 머뭇댔다.

단천호는 그런 그들을 보다가 내공을 담아 거대한 사자후를 토해 냈다.

"흐아아앗!"

단천호의 외침이 장원을 쩌렁쩌렁 울리고 하늘까지 치솟아 오를 기세로 뿜어졌다.

대열에 속해 있던 유운호는 벼락이라도 맞은 듯 몸을 부르르 떨다가, 도를 뽑아 들고 하늘 높이 들었다. 그리고 고함을 질렀다.

"으아아아아아아아!"

그와 동시에 여기저기서 고함이 터져 나왔다.

"우오오오오!"

"개자식들 다 죽여 버리겠다!"

"으아아! 단가무적!"

이내 모든 이들이 미친 듯이 악다구니를 쓰고 소리치기 시작했다.

그와 동시에 긴장된 마음이 사라지고 호승심과 흥분이 그들의 가슴을 가득 메웠다.

단천호는 만족스러운 미소를 지었다.

단천호의 손이 살짝 들리자 고함 소리가 거짓말처럼 일시에 멎었다.

"가자. 오늘 의형문의 씨를 말린다."

단천룡이 검을 뽑아 들고 외쳤다.

"출정한다!"

"으아아아아!"

"가자아아!"

단천호는 고개를 끄덕였다.

의형문에게는 오늘이 결코 잊지 못할 날이 될 것이다.

단천룡은 단천호의 옆에 서서 나란히 경공을 전개했다. 꽤나 빠른 속도라 은근히 부담이 갈 정도였다.

세가의 무사들은 거의 단천룡보다 강하지만 무위는 들쑥날쑥하기에 단천룡보다 약한 자도 분명 존재했다.

"가주 대행! 너무 빠른 거 같습니다."

단천룡은 조심스럽게 말했다. 당연히 해야 할·말이었지만 또 분노한 단천룡이 '지금 단가장을 모욕한 놈들이 멀쩡히…….' 어쩌구 할 것 같아서 목소리는 기어들어 갔다.

그런데 예상외의 반응이 나왔다.

"언제 도착하는데?"

단천룡의 안색이 조금 멍해졌다.

"……모르십니까?"

"뭘?"

"의형문 말입니다."

"내가 그런 조무래기들까지 일일이 알아야 하나?"

"……그럼 뭘 믿고 출정시킨 겁니까."

"뭔 개소리야?"

단천룡은 답답하다는 듯이 가슴을 후려쳤다.

"지피지기면 백전불태 아닙니까! 적을 알고 나를 알아야 위험이 없는 법이지요!"

"알잖아?"

"의형문이 어딘지도 모르면서 뭘 안다는 겁니까! 거기 문도 수가 몇인지는 압니까?"

"알아야 돼?"

"뭐 이런……."

"뭐?"

"아닙니다……."

단천룡은 한숨을 푹 내쉬었다.

그러고 보니 단천호는 이런 놈이었다. 무공은 더럽게 세지만 앞뒤를 잰다거나 상황 파악을 하는 것에는 무척 약했다.

'반드시 가주가 되어야 돼!'

단천룡은 다짐했다. 이 빌어먹을 동생에게 가주 자리를 주었다가는 단가장의 역사가 단천룡 대에서 끝날 확률이 무척 높아 보였다.

단천룡은 그렇게 가주 자리에 대한 욕망을 불태웠다.

"잘 들으십시오. 의형문은 형주에 있는 문파로서……."

"형주까지 가면 된다 이거지? 생각보다 먼데? 술 먹고 싸움 붙었다고 하기에, 바로 옆인 줄 알았는데……. 속도 조금 늦추자고."

단천호는 경공의 속도를 줄였다.

"그리고 의형문의 문도는……."

"거기까지. 더는 필요 없어. 어디 있는지만 알면 돼."

단천룡은 인상을 팍 썼다.

"적을 알아야 합니다!"

"멍청한 소리 한다, 또."

"예?"

단천호는 혀를 찼다.

"내가 모르는 문파라면 어차피 조무래기라는 거고, 그 정도면 다 아는 거지. 또 뭘 알아야 하는데?"

"……."

단천룡은 머리를 싸맸다.

말도 안 되는 개소리라고 하고 싶었지만 뭔가 말이 된다는 것이 문제다. 소소하게 본다면 틀린 점 투성이지만 크게 본다면 맞는 말 아닌가?

"이제 적을 알고 나를 알았으니 위험은 없겠군?"

"……예."

단천룡은 다시 한 번 다짐했다.

정 안 되면 모반이라도 일으켜서 가주가 되어야 한다.

이놈은 절대 가주 자리에 앉혀서는 안 될 인물이었다.

'모반에 동참해 줄 사람이 없는 게 문제지만.'

단가장 내의 누구도 단천호를 상대로 모반을 일으키려

하지는 않을 것이다.

목숨은 하나니까.

단천룡은 피식 웃었다.

살짝 앞서 나가는 단천호의 등이 보였다.

적이었을 때는 항상 공포스러웠고 부담스러웠다.

하지만 이제 형제라는 이름으로 같은 곳에 서자 느낄 수 있었다. 적이라면 최악이지만 같은 편으로는 저렇게 든든한 인물도 또 없으리라.

단지…….

"그쪽 아닙니다!"

"어?"

"그쪽도 아닙니다!"

"어라?"

"그냥 따라오라고요! 앞서 나가지 말란 말입니다!"

"에?"

신용이 안 가는 것이 문제였다.

의형문주 엽량은 느긋하게 차를 입가에 가져갔다.

값싼 위음차(魏蔭茶)였지만 오늘따라 그 향기가 남다르게 느껴졌다.

왜 아니겠는가?

이제 의형문이 호북제일의 문파로 발돋움할 시기도 얼마 남지 않았다.

"크하핫! 그 멍청한 꼬마 놈이 시간을 벌면 뭔가 될 줄 안 모양인데. 입마라는 것이 그렇게 쉽게 낫는 것이 아니지!"

"어린놈이 뭘 알겠습니까? 허허허. 모든 일이 술술 풀립니다."

"크흐. 좌호법, 고맙소. 좌호법 덕에 명분도 얻고 실리도 얻게 됐구려. 이제 조금 있으면 단가장에서 항복을 해 오지 않겠소?"

"물론입니다. 장주가 입마에 들어 폐관을 했는데 어찌 싸움을 하겠습니까? 그렇다고 그 어린놈이 대신 비무에 나오지도 못할 테니, 우리는 항복을 받아 내고 실리만 챙기면 될 일입니다."

엽량은 껄껄 웃으며 다시 차를 따랐다.

"그런데 나중에 단 장주가 출관하면 어떻게 할 셈이오?"

"그때는 이미 쌀이 밥이 된 후입니다. 항복도 했고 비무도 진 마당에 그때 다시 덤벼들게 되면 모양이 추해지지요. 단 장주가 생각이 있는 사람이면 덤비지 못할 겁니다."

"그래도 대비는 해야 하지 않겠소?"

"걱정하지 마십시오. 뭐가 걱정입니까? 단가가 아무리 대단하다고 해도 우리 뒤에는 팽가가 있지 않습니까? 급하면 팽가에 도움을 청하면 그만입니다."

"크흐흐흐. 그것도 그렇구려."

엽량은 기분 좋게 미소를 지었다.

호북은 강한 문파가 하남에 비해 무척 적은 지역 중 하나였다. 호북 북부에 무당이 있긴 하지만 무당은 하남에 있는 문파들을 견제하느라 호북 남부에는 손을 뻗지 못했다.

그런 상황에서 호북 남부를 지배하고 있는 것이 무한의 단가장과 형주의 의형문이었다.

의형문은 단가장에 비해 무력도 낮고 역사도 짧기에 지금까지 단가장과의 대결에서 약세를 보였다.

하지만 이번 기회를 통해 사람들은 의형문을 단가장보다 높게 보게 될 것이다.

그 순간을 기점으로 단가장와 의형문의 격차는 크게 벌어지게 될 것이다.

사람들은 강한 문파보다 강해지는 문파를 좋아한다. 단가장보다 약했던 의형문이 어느새 단가장을 압도했다는 사실을 듣게 된다면 의형문의 성장세가 대단하다고 생각하게 될 것이고, 단가장보다는 의형문의 편을 들게 될 것이다.

그게 인심이었다.

엽량은 그것을 노린 것이다.

"크하하핫! 그 멍청한 놈이 장주가 입마에 빠졌다는 사실을 누설해 줬기에 우리가 이렇게 치고 나갈 수 있게 되지 않았소? 나중에 단가가 망하거든 그놈은 꼭 불러서 큰 상을 내려야겠소!"

"그리고 죽은 녀석에게도 말이지요."

엽량은 고개를 끄덕였다.

"아암. 상을 줘야지. 유족에게 보상은 해 줬소?"

"일가친척도 없는 고아다 보니……."

"안타까운 일이군. 묘라도 크게 만들어 주시오."

"이미 지시해 두었습니다."

"크하하! 좌호법은 정말 내 마음을 잘 안단 말이야!"

엽량은 정말 즐거워졌다.

무한에 정찰을 보냈던 녀석이 큰 정보를 물어 왔다. 그리고 좌호법은 그 정보를 활용할 방법을 찾았다.

그 방법이 조금 과격하고 안타까운 일이 동반되어야 했지만 엽량은 당연한 일이라 생각했다. 모든 일은 원래 그렇게 시작되는 법이다.

"그럼 이제 내일이면 약속한 이레가 다 지나는 거요?"

"호북의 패자가 되실 시간입니다!"

"아암! 모든 게 다 좌호법 덕분이오!"

"과찬의 말씀이십니다."

엽량과 좌호법은 서로의 얼굴을 마주 보며 크게 웃었다.

물론 그 순간은 그리 길지 않았다.

쾅!

거대한 폭음이 들리고 엽량과 좌호법이 벌떡 일어났다.

"무슨 소리오!"

"글쎄요? 여하튼 나가 봐야겠습니다."

엽량은 무겁게 고개를 끄덕이고는 문을 열고 밖으로 나갔다. 그리고 아주 황당한 모습을 보게 되었다.

엽량은 겉으로 보이는 것에 무척이나 치중하는 사람이다. 그래서 건물을 높게 올리거나 크게 짓는 것을 무척 좋아했다.

덕분에 의형문의 정문은 그 높이만 이 장에 이르고, 넓이가 일 장에 이르는 거대한 나무 문으로 되어 있다. 또한 혹시 모를 일에 대비하여 두께는 무려 두 자가 넘어갔다.

그것을 다 운남산 철목(鐵木)으로 만들었으니 문 하나 만드는 데 전각 하나 지을 돈이 들어갔다고 해도 과언이 아니었다.

그런데 지금 그 문이 산산조각이 나 바닥에 나뒹굴고

있었다.

"벼락이라도 친 건가……."

물론 그럴 리가 없었다. 마른하늘에 날벼락이 치지는 않을 테니까.

그럼 저 문이 왜 저렇게 되어 있단 말인가?

철목이 괜히 철목이던가? 철처럼 단단하기에 철목이라는 이름이 붙은 것 아닌가?

그런데 두 자가 넘는 두께의 철목이 박살이 나 있다니! 이건 벼락이 치고 말고의 문제가 아니었다.

엽량은 산산이 부서져 간 정문에 일단의 무리들이 서 있는 것을 발견했다.

두 명의 청년을 위시한 무사들.

그중 한 명은 무척이나 낯이 익은 자였다.

"다…… 단천룡!"

엽량은 그제야 사태를 파악하고 이를 갈았다.

"이게 무슨 짓이냐!"

단천룡은 엽량의 눈과 똑바로 시선을 마주쳤다.

"의외요?"

"의외? 네놈이 미쳤구나!"

엽량은 당장이라도 검을 뽑아 달려들 태세였다.

그런 엽량을 만류한 것이 좌호법이었다.

"문주님 진정하십시오. 지금 달려들었다가는 죽도 밥도

안됩니다. 제발 고정하십시오."

"크으으으!"

좌호법은 엽량을 진정시키고는 앞으로 나서서 입을 열었다.

"단 장주. 아니, 장수 대행. 이게 무슨 짓이오."

"나 부른 건가?"

단천호는 단천룡을 보며 물었다.

"저를 부른 거 같긴 하지만 지금은 가주 대행께서 대답하셔야 할 것 같습니다."

둘의 대화를 들은 좌호법은 단천호가 가주 대행인 것을 알고는 단천호에게 시선을 돌렸다.

"실례가 되지 않는다면 존함이 어떻게 되시는지 물어도 되겠습니까?"

"실례되니까 묻지 마."

좌호법은 말문이 막혔다.

뭘까? 이 인간은?

"……재미있는 분이시군요."

"난 그걸 꽤 자랑으로 알고 살고 있지."

"제가 알기로 단가장에는 두 명의 건실한 인재가 있는 것으로 알고 있습니다. 소가주인 단천룡과 둘째 아들인 단천호지요. 제 짐작이 틀리지 않았다면 공자께서 단천호 공자십니까?"

단천호는 좌호법의 말을 무시하고 단천룡에게 말했다.

"너 건실하다는 평가를 받고 있었나? 망나니가 아니라?"

"……정말 망나니라는 평가를 받고 싶지 않으면 남들 앞에서 이러지 마십시오."

"왜? 나는 있는 그대로 승부하는 사람이야!"

"……."

단천룡은 말을 잃고 한숨을 쉬었다.

안에서 새는 바가지가 밖이라고 새지 않을 리가 없었다.

"장주 대행이시잖습니까! 체통을 지키십시오!"

"걱정 마. 우리 애들밖에 없잖아. 나도 눈치가 있는 사람이라고."

"뭐가 우리 애들밖에 없습니까! 저기 의형문 사람들도 보고 있지 않습니까?"

단천호는 피식 웃었다.

"넌 시체를 사람이라고 하는 모양이지?"

단천룡은 모골이 송연해져 왔다.

너무나도 아무렇지 않게 내뱉은 말. 그 말의 뜻은 여기 있는 의형문도를 모두 죽이겠다는 것이었다.

"그……."

"보자 보자 하니 못 하는 말이 없구나!"

단천호의 말에 엽량이 발악했다.

"말 섞기도 귀찮으니 일단 다 죽이고 시작할까?"

단천룡이 단천호를 만류하고 나섰다.

"제게 잠시만 시간을 주십시오."

"해 봐."

단천룡은 앞으로 나서 굳은 얼굴로 입을 열었다.

"의형문주! 당신은 감히 있지도 않은 일을 조작하여 단가장을 욕보이려 하였소. 인정하시오?"

"흥! 지금 정문을 부수고 난동을 부리는 쪽이 누군가? 단가에서 사태를 덮으려 하는 것이 아닌가! 세상 사람들 모두가 단가를 비웃을 것이다!"

단천룡은 너무나도 답답했다. 지금 엽량은 사태를 잘못 파악하고 있었다.

단천룡은 엽량을 몰아붙이려고 앞으로 나선 것이 아니라 엽량이 살 수 있는 길을 터 주려 한 것이다.

그런데 엽량이 저런 식으로 나온다면 대화가 길어질 수밖에 없었다.

"우리 측 무사는 그러한 일이 없다고 하였소! 그런데 왜 자꾸 억지를 부리는 거요?"

"사람 죽여 놓고 죽였다고 하는 놈이 얼마나 되는가?"

"그럼 시체를 가지고 오시오. 단가장의 무공이 나왔는지 확인해 보겠소."

"이미 화장해서 강에 뿌린 시체를 무슨 수로 가지고 오라는 거냐? 그럴 거면 미리 확인하지 그랬나?"

단천호는 혀를 찼다. 단천룡은 단가주가 되어야 할 인물이다. 앞으로 이러한 일을 많이 겪을 것이고 대비하란 차원에서 말을 섞는 것을 허락했다.

그런데 하는 말은 어린아이 수준이었다. 시체를 들고 왔을 때 상흔을 조작하는 것이야 기본적인 사항인데 그러한 것을 물고 넘어지다니……. 어설프기 짝이 없었다.

"의형문주가 뭐라고 말하든 단가장은 그 말을 들어줄 생각이 없소!"

이 말은 꽤 마음에 들었다.

"애초부터 그렇게 말하지 그랬나? 억지를 부리려면 제대로 부려야지!"

"이이……!"

단천룡이 발작하려는 시점에 단천호가 앞으로 나섰다.

아직은 단천룡이 이러한 일을 맡기에는 부적합했다.

"발악을 하는군."

"뭐?"

퍼억!

단천호의 신형이 순식간에 의형문주의 앞에 나타나 그의 복부에 주먹을 꽂아 넣었다.

"꺼어억!"

의형문주는 참을 수 없는 고통에 입을 딱 벌리고는 침을 줄줄 흘렸다.

"주둥아리는 그렇게 쓰라고 있는 게 아니지!"

쾅!

단천호의 주먹이 의형문주의 턱을 올려쳤다.

의형문주는 수직으로 일 장이나 떠올랐다가 바닥으로 곤두박질쳤다.

쿵!

의형문주가 바닥에 처박히는 소리가 크게 울렸다.

"어어……."

좌호법은 입을 딱 벌렸다.

이게 대체 무슨 상황인가? 의형문이 아무리 중소 문파라고는 하지만 의형문주는 어디에 가도 일류라는 소리를 듣는 검객이었다.

그런데 그런 의형문주 엽량이 단 일 수 만에 박살이 나다니! 그것도 약관이나 갓 넘었을 듯한 어린아이에게 말이다!

좌호법은 퍼뜩 정신을 차렸다. 그는 강호에서 평생을 굴러먹은 사람답게 계산을 빠르게 마쳤다.

상대는 절대의 강자다. 단가장도 애초에 의형문보다는 강한데, 저런 절대강자가 포함되어 있다면 의형문의 승산은 일 할도 없다.

절대 맞상대해서는 안 된다.

"이…… 이치에서 밀린다고 무력을 쓰다니! 전 강호인이 비웃을 것이오!"

단천호의 시선이 천천히 움직여 좌호법에게로 향했다.

"뭐?"

"……이렇게 해 봤자 단가장에게 돌아갈 시선은 비웃음뿐이오! 단가장은 죄를 저지르고 힘으로 그것을 가렸다는 말을 듣게 될 거란 말이오!"

단천호는 곰곰이 생각하는 듯하더니 고개를 끄덕였다.

"일리가 있군!"

좌호법은 말이 통하는 듯하자 신이 나서 계속 입을 열었다.

"강호에는 도의가 있고, 법칙이 있는 법! 어떤 문파도 이런 식으로 해결하지 않소! 이 소문이 퍼지면!"

"퍼지면?"

"……다, 단가장은 만인의 지탄을 받게 될 것이오."

단천호는 고개를 갸웃했다.

"그리고?"

"예?"

"그게 다야? 또 뭐 없어?"

"……무슨?"

"손가락질받을 수도 있다는 정도로 물러나라는 말이야?

약해."

좌호법은 황당한 듯 고함쳤다.

"저, 전 강호인이 단가장을 욕할 거란 말이오!"

"그러니까 그게 왜?"

"그, 그게……."

좌호법은 멍해졌다.

모두가 욕을 할 것이다. 그런데 그게 뭐가 문제일까?

좌호법은 딱히 설명할 수 없었다.

손가락질받고 욕을 먹는 것 자체가 문제지, 더 이상 뭐가 문제란 말인가?

"뭔가 실질적인 피해 같은 건 없어? 전 강호가 연합을 해서 단가장으로 쳐들어온다든지. 응?"

"그런……."

단천호의 입가에 미소가 걸렸다.

"그럼 너는 손가락질받을 수도 있으니, 모욕을 감내하고 돌아가라. 그렇게 말하고 있는 건가?"

"……."

"아─주 제멋대로군. 제멋대로 단가장을 쑤셔 놓고 이제는 걱정해 주는 건가?"

좌호법은 필사적으로 머리를 굴렸다.

이러면 안 된다. 이러다가는 오늘 의형문은 멸문하고야 만다.

설마 그렇게까지 하지는 않겠지만 돌이킬 수 없는 타격을 받게 될 것이다.

이미 문주가 당했다. 더 이상 사태가 악화되었다가는 단가장이 돌아간다고 해도 의형문은 강호에 얼굴을 들 수 없게 된다.

"전 강호인들이 단가장을 비겁하다고 욕해도 좋다는 말이오?"

"왜 비겁한데?"

"단가장은 잘못을 해 놓고 그것을 무력으로 해결하려 했소."

단천호는 피식 웃었다.

"병신. 말이나 법으로 해결할 거면 무공은 왜 배웠냐? 그냥 관리를 하던가 일반인으로 살 것이지."

"그게……."

"알았어. 알았어. 가서 말해. 우리가 다 잘못했어. 그리고 우리는 비겁하게 너희를 다 때려죽였어. 그렇게 이야기해. 괜찮으니까. 그럼 사람들이 생각하겠지. 단가장은 지들이 틀려도 힘으로 찍어 누른다. 더러우…… 이건 좀 그런가? 무서우니까. 그냥 애초에 엮이지 말자."

"……."

"좋은데? 그만큼 단가장의 위상이 올라가겠군?"

좌호법은 방법을 바꿔야 한다고 생각했다.

이자는 말이 통하지 않는 자다. 위신이 깎인다거나 명예가 더럽혀진다는 말이 무슨 뜻인지도 모르는 자다.

어떻게 단가장에서 저런 인간 말종이 나왔는지는 모르겠지만, 지금은 그런 것을 생각하고 있을 때가 아니었다.

"그……."

하지만 단천호는 더는 좌호법의 말을 들어줄 생각이 없었다.

퍼억!

단천호의 주먹이 좌호법의 얼굴에 틀어박혔다.

"크아악!"

단천호는 좌호법의 머리채를 움켜잡고 들어 올렸다.

"그 잘 돌아가는 혓바닥을 다시 한 번 놀려 보시지?"

"으으……."

단천호의 눈이 좌호법의 눈을 똑바로 바라보았다.

"그 혓바닥을 믿고 단가장을 농락하려 했나?"

콰앙!

단천호의 주먹이 좌호법의 입을 후려쳤다.

이빨이 모두 부러져 나가며 혀가 갈기갈기 찢겨 나갔다.

"끄어어어."

"맞장구쳐 주니까 재밌나?"

쾅!

단천호의 주먹이 좌호법의 명치를 후려쳤다.

좌호법은 주먹만 한 선지피를 토해 냈다.

"주둥아리는 전혀 쓸모없는 것 같고, 그럼 대체 뭘 믿고 단가장을 노렸을까?"

단천호는 웃으며 이죽거렸다.

하지만 좌호법의 눈에는 단천호의 웃음이 전혀 웃음으로 보이지 않았다. 십팔층 지옥의 아귀가 웃어도 이런 웃음은 아닐 것이다.

"말해 봐. 무슨 배짱으로 단가장를 노렸는지. 단가가 만만했나?"

그때 의형문주가 정신을 차리고 고함쳤다.

"쳐라!"

상황을 주시하던 문도들이 병기를 뽑아 들고 단천호에게 달려들었다.

"어림 없다!"

"개자식들이 감히 누구를 노리는 거냐!"

그들을 맞아 간 것이 유호대였다.

유호대는 전원이 검이 아닌 도를 차고 있었다. 아직은 어설프지만 유호대의 도에서 절기인 광섬도가 뿜어져 나왔다.

챙! 챙!

사방에서 검과 도가 부딪치는 소리가 들려왔다.

단천호가 인상을 찌푸렸다.

"유호대!"

"충!"

그 와중에도 경황이 있는지 대답 소리가 크게 터져 나왔다.

단천호는 싸늘한 목소리로 일갈했다.

"반항하는 자는 전부 죽여라!"

"충!"

유호대의 도가 빨라지기 시작했다.

동시에 곳곳에서 비명이 터져 나왔다.

"끄아아악!"

"아아악!"

상황을 지켜본 의형문주가 피를 토하듯 외쳤다.

"이럴 수는 없다! 이럴 수는 없어!"

단천호는 피식 웃었다.

"왜? 이 정도 각오도 안 하고 단가장에 수작을 건 거냐?"

"비무를 청했다고 사람을 죽이는 경우가 어디 있느냐!"

단천호는 의형문주의 멱살을 잡아들었다.

"정말 쓸모없는 머리통이군. 너는 수작을 걸기 위해 사람을 죽여도 되는 거고, 나는 그걸 받아 주면서 누구도 죽이면 안 된다? 부처님이 들어도 욕을 칠 논리로군."

"의……의형문은 하북팽가와 손을 잡았다! 너희는 하북
팽가와 척을 지게 되는 것이다!"

"그래서 어쩌라고?"

"……"

의형문주는 할 말을 잃었다.

"팽가 따위가 뭘 할 수 있다는 말이냐?"

"패…… 팽가는……."

단천호의 얼굴에 섬뜩한 미소가 걸렸다.

"팽가가 아니라 의천맹이 와도 나를 막지는 못해."

"그……그런……."

"그 쓸모없는 머리통을 계속 달고 있을 필요는 없겠
지?"

단천호의 우수가 의형문주의 머리를 움켜쥐었다.

"사, 살려……."

콰득!

의형문주의 머리가 기이한 소리와 함께 터져 나갔다.

단천호의 우수에서 진득한 핏물이 흘러내렸다.

"히…… 히익!"

그 장면을 모두 지켜본 좌호법이 바닥을 기며 뒤로 물
러났다.

"쓰레기가 한 마리 더 있군."

단천호는 손에 묻은 핏물을 털어 내며 천천히 좌호법에

게 다가갔다.

그런 그를 단천룡이 만류했다.

"충분하지 않습니까!"

"응?"

"우리는 아무런 피해도 입지 않았습니다. 그리고 의형
문은 문주를 잃었습니다. 더 이상의 살육은 무의미합니
다!"

퍽!

단천호의 주먹이 단천룡의 얼굴을 후려쳤다.

"크윽!"

단천룡은 예상치 못한 일격에 바닥을 굴렀다.

"무의미? 강호는 언제나 등 뒤에서 칼이 날아오는 곳이
다. 어설픈 온정을 베풀지 마라. 손을 쓸 것을 망설이는
일은 있어도, 일단 손을 썼다면 상대를 박살 내 놓기 전에
는 멈춰 서는 안 된다. 그게 강호다!"

"……."

"더구나 나는 이런 쥐새끼를 무척이나 싫어하지."

단천호의 손이 좌호법의 뒷목을 움켜쥐었다.

"그 어설픈 세 치 혀로 의형문주를 구슬린 게 너겠지?"

"히이익!"

"잘 봐 둬라. 온정이란 이런 것이다."

단천호의 손이 허공을 향했다.

그와 동시에 좌호법의 몸이 허공으로 부웅 떠올랐다.

"사…… 살……."

혀가 모두 뭉개져 잘 나오지도 않는 발음으로 좌호법은 필사적으로 외쳤다.

하지만 단천호는 무심한 눈으로 그를 바라보았다.

퍼엉!

좌호법의 몸이 그대로 사방으로 터져 나갔고, 피와 육편이 사방으로 비산했다.

그 끔찍한 광경에 모두가 일순 손을 멈추고 단천호를 바라보았다.

단천호는 스산한 목소리로 입을 열었다.

"항복하는 자는 살려 준다."

단천호와 시선을 마주치는 자마다 몸을 움찔하고는 눈을 아래로 내리깔았다.

"대항하는 자는…… 내가 직접 사지를 찢어 놓겠다."

특히 의형문도들은 단천호의 그림자마저 바라보지 못했다.

하지만 어디나 용감한 자는 있기 마련이다.

"문주님의 원수!"

쾅!

그 말이 떨어지자마자 입을 연 자의 몸이 허공을 날며 피 분수를 뿌렸다.

단천호는 어느새 그 자리에 나타나 있었다.

"나는 충성심 높은 자들을 좋아하지. 그래서? 계속 시험해 볼 사람?"

아무도 말이 없었다.

백여 명이 넘는 의형문도들은 단천호 하나에게 완전히 압도당해 버렸다.

그들의 눈에 보인 단천호는 지옥에서 튀어나온 악귀나 다름없었다.

"더 대항할 자 있나?"

있을 리가 없었다.

목숨은 누구나 하나뿐이지 않은가?

장내가 침묵으로 물들었다.

"그럼."

단천호의 목소리가 천천히 울려 퍼졌다.

"너희는 왜 아직 그 뻣뻣한 무릎을 펴고 있는 것인가?"

털썩!

털썩!

사방에서 의형문도들이 무릎을 꿇고 병장기를 떨어뜨렸다.

단천호는 그들을 둘러보다 입을 열었다.

"소가주."

"충!"

"이들 전부 무공을 금제하고 포박해라. 단가장으로 압송해서 가주님의 처분에 따른다."

"충!"

"이곳 장원에 남아 있는 식솔들 역시 포박해 압송한다."

"충!"

"그리고 유호대!"

"충!"

"불을 질러라."

"……!"

"의형문이 있었다는 것 자체를 세상에서 지워라. 주춧돌 하나 남기지 않는다."

"이공자님……."

"알았나?"

"충! 명을 받듭니다!"

단천호는 고개를 끄덕이며 의형문을 바라보았다.

과거였다면 쥐새끼 한 마리 남기지 않고 모두 죽여 버렸을 단천호다. 이것도 많이 발전한 것이다.

유초를 위시한 유호대는 의형문도들을 포박하고는 장원에 불을 질렀다.

그러면서도 연신 단천호의 눈치를 보았다. 그들은 그제야 처음 대면했을 때 단천호가 얼마나 자신들을 봐줬는지 알 수 있었다. 어린 시절부터 그를 보아 왔기에 잘 안다고 생각했지만 그들은 단천호라는 거대한 산의 일부분도 제대로 보지 못한 것이다.

닿는 것은 모두 불태우고 지나가는 광포한 불길.

그것이 단천호였다.

그리고 그들은 다행히 단천호의 수하인 것이다.

두렵고 공포스러웠지만 그들은 한 가지 희망을 가질 수 있었다.

단천호라는 자는 결코 지금의 단가장에 만족하지 않을 것이다.

언젠가는 단천호라는 불길이 전 강호를 뒤덮어 거대하게 타오를 것이다.

그리고 그 불길의 한편에 유호대가 있을 것이다.

그날.

의형문이 위치한 장원에 커다란 불길이 치솟았다.

이틀을 꼬박 불탄 장원은 시커먼 숯덩이들만을 남긴 채 사라져 버렸다.

그리고 그 짓을 한 범인이 단가장이라는 소문이 강호에 은밀히 돌기 시작했다.

단가장의 신화는 이날을 기점으로 시작된 것이다.

22
장
—

단천호, 시작하다

의형문을 불태운 단천호와 단가장의 삼 대는 단가장으로 복귀했다.

　단천호는 귀찮은 뒤처리를 모두 단천룡에게 떠넘긴 후 처소에 처박히려 했다.

　하지만 불온(?)한 단천호의 계획은 자리를 털고 일어난 단무성으로 인해 무산되고 말았다.

　"도련님! 가주님께서 부르십니다."

　정문에 들어서자마자 달려온 육 총관의 말에 단천호는 도살장에 끌려가는 소마냥 슬픈 얼굴로 가주 집무실의 문을 두드렸다.

　"천호입니다."

"들어오너라."

단천호는 문을 열고 안으로 들어갔다.

그곳에는 단무성이 초췌한 얼굴로 서류를 뒤적이고 있었다.

단천호는 자리에 앉으며 입을 열었다.

"일어나신 지 얼마 되지 않으셨을 텐데 좀 더 쉬지 않으시구요."

"그럼 니가 이거 다 해 줄 거냐?"

단천호는 단호했다.

"무인은 오래 쉬면 몸이 굳는 법이죠."

단무성은 단천호를 빤히 바라보다가 소리 내어 한숨을 쉬었다.

단천호는 단무성의 한숨을 보며 휘파람을 불었다.

단천호와 말싸움을 해 봤자 얻는 것이 없다는 점을 아는 단무성은 선선히 용건을 꺼냈다.

"이야기는 대충 들었다. 이번 의형문 사건은 네가 좀 과한 것이 아니냐?"

"정말 그렇게 생각하십니까?"

단무성은 잠시 침묵했다.

그리고 단천호와 단무성의 시선이 허공에서 잠시 마주쳤다.

"방법이 나빴다고 탓할 생각은 없다. 하지만 시기가 영 마음에 걸리는구나. 이번 일로 세간의 시선이 우리에게 쏠릴 것이다. 운신의 폭이 꽤 좁아진 것이지."

"감수해야죠."

"다른 방법은 없었느냐?"

단천호는 아버지의 얼굴을 바라보았다.

단무성은 뼛속부터 정파인이다. 방법이 나쁘지 않았다는 말은 단천호의 기를 죽이지 않기 위해 한 말일 것이다. 그는 단천호의 대처 방식을 마음에 들어 하지 않는 것이다.

만약 단무성이 이 일을 처리했다면 최대한 대화로 풀기 위해서 애썼을 것이다.

단천호는 그 부분을 분명히 짚고 넘어가야 한다고 생각했다.

"아버지는 단가장에 자부심이 있으십니까?"

단무성은 굳은 얼굴로 고개를 끄덕였다.

"물론이다. 단가의 가주인 내가 단가장에 자부심이 없다면 어찌하겠느냐?"

"그럼 그걸로 충분하다고 보십니까?"

단무성은 어리둥절한 표정이었다.

"그게 무슨 소리냐?"

단천호는 자신이 생각하고 있는 것을 말했다.

"아버지. 단가장에 자부심을 가지고 있는 것은 아버지

뿐입니다. 단가의 무사, 심지어 단가의 소가주마저 단가장에 자부심을 가지고 있지 않습니다."

"말도 안 되는 소리! 그들은 모두 단가장을 사랑하는 자들이다!"

단천호는 고개를 저었다.

"좋아하는 것과 자부심을 가지는 것은 다릅니다. 아버지가 개를 좋아하고, 개를 키운다고 해서 그 개에게 자부심을 가지는 것은 아니지 않습니까."

단무성의 표정이 일순 멍해졌다.

단천호는 씁쓸한 표정으로 말했다.

"아버지의 방식은 틀리지 않았습니다. 아버지는 지금까지 단가장을 보호하기 위해서 최대한 무력 도발을 자제하고 전투도 벌이지 않았습니다. 덕분에 단가는 피해 없이 전력을 키워 올 수 있었습니다. 다만……."

"다만?"

"그렇기에 그들은 단가장이 강하다고 생각할 수 없었던 겁니다. 일이 터지면 그들을 벌하려 하기보다는 대화로 풉니다. 이건 약자의 방식입니다."

단무성은 고개를 저었다.

"그게 어찌 약자의 방식이냐? 단가장이 힘이 없어서 참은 것이 아니지 않느냐!"

"아버지는 단가장이 강하다는 것을 알 수 있으니 하는

말씀입니다. 하급 무사들은 타 문파의 무사들을 볼 기회조차 잘 없습니다. 자신이 강하다는 것을 느낄 수도 없습니다. 단가장에서 수련하고 단가장의 사람들은 보는 게 전부인 그들은 가주의 행동과 대응 방식에서 자신들의 강함을 판단할 수밖에 없습니다."

"그런……."

"여기 두 문파가 있습니다. 알기 쉽게 설명해서 화산과 무당이 있습니다. 그들 가운데 누가 더 강하다고 생각하겠습니까? 그 멀리 떨어진 곳에서 서로를 제대로 볼 방법도 없는 그들이 어떻게 자신들이 더 강하다는 것을 알겠습니까? 모든 것은 윗사람의 행동과 대응이 말해 주는 것입니다."

"……."

"의형문이 도발을 했습니다. 그런데 도발에 대응하는 방식이 대화와 사정이라면, 무사들은 생각합니다. '가주께서 의형문과 싸우는 것이 껄끄러우신 모양이다. 우린 의형문보다 강하지 않구나.'"

"비약이다!"

"물론 비약입니다. 한 번이라면 비약이겠지요. 하지만 단가장은 수십 년을 그렇게 이어 왔습니다. 스스로 강하다고 느끼지 못하는 무사, 자부심이 없는 무사는 더 강해질 기회를 잃게 됩니다. 아버지. 지금은 무엇보다 무사들에게 단가장이 강하다는 것, 자신들이 강하다는 것을 알려 줄 필요가 있었습니다. 그것이 어떤 것보다 우선합니다. 그에 따라 잃게 되는 것은 소소한 것일 뿐입니다."

"하지만……."

단무성은 여전히 인정하지 못하겠다는 얼굴이었다.

단천호는 한숨을 내쉬고 말을 이었다.

"무사들의 얼굴을 보셨습니까?"

"……?"

"자부심 가득한 그들의 얼굴을 보십시오. 이번이 그들의 인생에서 맞이한 첫 승리입니다. 아버지는 단가장의 전력이 손실되는 것은 막았지만, 단가장의 전력이 더 강해질 기회를 놓쳐 온 것입니다."

단무성은 잔뜩 굳은 얼굴로 단천호를 바라보았다.

다 수긍하기는 어려웠지만 단천호의 말에도 일리는 있었다.

사실 단무성 때부터, 아니 그전부터 단가는 너무나도 평화로운 생활을 해 왔다.

무사란 때로는 싸우고, 때로는 시기하며 사는 존재들이다.

어쩌면 단무성은 그들이 무사로 살 수 있는 기회를 꺾어 왔을지도 모른다.

"그렇다고 해도 의형문주의 목을 꼭 날렸어야 했느냐?"

"그러지 않았다면 의형문도는 모두 죽었을 겁니다. 그 상황에서 확고하게 단가장의 인상을 심어 주는 방법은 두 가지뿐입니다. 압도적인 전력 차로 몰살시켜 버리거나, 아니면 단숨에 우두머리의 목을 날려 버리거나. 저는 두 번째가 옳다고 생각했습니다."

"……피해도 줄이고 인상도 심고, 두 가지를 동시에 노렸느냐?"

"예."

단무성은 흔들리는 눈으로 자신의 아들을 바라보았다.

과거에도 이런 일이 있었다. 가문에 난이 났을 때, 단천호는 누구보다 발 빠른 대처로 순식간에 난을 평정하고 단가장을 원래대로 되돌려 놨었다.

그때는 느끼지 못했다. 단순히 머리가 좋고 계략에 뛰어나다고 생각했었다.

하지만 오늘 단무성은 아들의 진면목을 볼 수 있었다.

단천호의 진정 무서운 점은 머리나 무공이 아니다.

바로 상상을 뛰어넘는 파격이었다.

아직 약관도 되지 않은 아이가 동시에 여러 가지를 생각하고 행동하는 게 불가능한 일은 아니다. 생각을 바로 행동으로 옮기는 추진력도 어렵지 않게 찾아볼 수 있을 것이다.

하지만 목적을 위해 수단을 가리지 않는 과단성은 쉽게

찾아볼 수 없는 것이었다.

　그 상황에서 의형문주의 목을 치는 것이 가장 빠르다고 판단하고는 바로 처리해 버릴 수 있는 아이가 얼마나 있겠는가? 마흔이나 되는 자신에게도 쉽지 않은 일이었다.

　강호에서 수십 년은 굴러먹은 노강호들이나 할 수 있는 일을 어린아이에 불과한 단천호가 해 버린 것이다.

　"너는 매번 나를 놀라게 하는구나."

　"별것 아닙니다."

　한 번씩 정말 자신의 자식이 맞는지 의심되는 단무성이었다.

　"끌고 온 사람들은 어떻게 할 셈이냐?"

　"무사 중 쓸 만한 놈들은 기회를 주어 단가장의 무사로 살게 해 주고 쓸모없는 놈들과 가주의 식솔들은 남김없이 목을 칩니다."

　"허어!"

　단무성은 기가 막히다는 얼굴로 단천호를 바라보았다.

　과단성이 있는 것은 좋지만 이 잔인함은 대체 어디서 나온 것이란 말인가?

　"그건 너무 과하지 않느냐!"

　"삭초제근이라는 말이 있습니다. 어차피 저들은 단가장에 좋은 감정을 가지지 못할 겁니다. 그럴 바엔 차라리 모두 죽이는 게 낫습니다."

"처음부터 그럴 생각이었다면 뭐하러 끌고 왔느냐? 그 자리에서 다 죽여 버리지!"

단천호는 고개를 저었다.

"그랬다가는 아버지의 권위가 손상됩니다."

"음……."

단무성은 단천호의 말을 이해했다. 최근 사건이 터질 때마다 단천호가 나서서 모든 것을 해결해 버렸다. 단무성은 좋게 말하면 한 발 뒤로 물러나 있었고, 나쁘게 말하면 주도권을 빼앗긴 채 아무것도 하지 못했다.

이렇게 된다면 가주의 권위가 떨어지게 되는 법이다.

단천호는 가주가 직접 나서서 그들을 처리하는 모습을 모두에게 보여 주려는 생각이었던 것이다.

"여하튼 그건 너무나도 과하다. 적과 싸우는 것에 과감한 것은 욕을 먹을 일이 아니지만, 포로를 몰살시키는 것은 욕을 먹을 일이다. 안 그래도 적이 많아질 텐데 더 이상은 불가하다."

"두려워해야 할 것은 적이 아니라 스스로의 기강이 무너지는 것입니다. 적에게 주어야 할 것은 온정이 아니라 공포입니다. 단가장을 건드렸다가는 개미 새끼 한 마리 살아남지 못한다는 공포가 있어야 합니다. 그래야 어설픈 도발이 더 이상 시도되지 않는 것입니다."

"이 일은 나에게 맡겨다오."

단무성의 얼굴은 확고했다.

단천호는 아버지의 뜻을 돌리기 어렵다는 것을 깨달았다.

"정 그러시다면 아버지의 뜻에 따르겠습니다. 다만 제가 말씀드린 것을 다시 한 번 생각해 주십시오."

애초에 단천호는 포로 따위에는 관심이 없었다.

적이 있으면 싸우고 죽인다. 포로를 풀어 주고, 그게 문제가 된다면 다시 죽여 버리면 그만이다.

"그건 그렇고, 쓸모 있는 자들을 단가장의 무사로 받아들인다고?"

"예. 단가장의 가장 큰 문제는 그 규모가 너무 작다는 것입니다. 오대세가는 물론 연가와 비교를 해도 반수에 불과합니다. 앞으로 단가는 수많은 전투를 치러야 할 것입니다. 지금은 화살받이라도 절실합니다."

"네 말이 무슨 뜻인지 알겠다. 그건 그렇고 연가의 일은 어떻게 됐느냐?"

단천호는 의천맹에서 있었던 일을 설명했다.

설명을 듣는 단무성의 얼굴이 연신 놀람으로 가득 찼다.

"허어! 네가 연극쌍을 꺾었단 말이냐?"

단천호는 대답 없이 고개를 끄덕였다. 단순히 꺾었다는 말로 표현될 만한 비무는 아니었지만, 굳이 사실을 일일이 설명할 필요성을 느끼지 못했다.

이것은 귀찮음을 피하려는 의도인 동시에 아버지인 단무성을 배려하는 행동이었다.

"네가 강한 줄은 알았지만…… 정말 믿지 못할 일이구나."

"지금 중요한 것은 그게 아닙니다. 누군가 단가와 연가의 사이에 개입했을 수도 있다는 것이 중요합니다."

"흐음……. 일단 그 부분은 내가 따로 조사를 해 보마."

"부탁드립니다."

단무성은 새삼스런 얼굴로 자신의 아들을 바라보았다.

자신이 폐관에 든 사이에 너무도 많은 일이 일어나 버렸다. 아들의 모습이 한층 더 멀게 느껴졌다.

'부질없구나. 이제 물러날 때가 된 것인가?'

아들과 함께 걷기 위해 무리한 수련을 하다가 입마에 빠졌다.

그는 자신의 입마를 치료해 준 사람이 단천호라는 사실도 이미 알고 있었다.

이건 자식에게 방해만 되고 있는 꼴이 아닌가?

단천호는 이미 너무나도 커 버렸다. 더 이상 단천호를 자신의 아래에 두는 것은 아들의 앞길을 막는 꼴밖에 되지 않는다.

단무성은 그렇게 생각했다.

그때, 단천호가 입을 열었다.

"아버지."

"음?"

"다음 출정 때는 아버지께서 선두에 서셔야 합니다."

"……."

"어떤 단체이든 정신적인 지주가 필요한 법입니다. 소가주는 어리고, 저는 너무 강합니다. 아버지께서 단가장의 무사들을 보듬어 주셔야 합니다."

"녀석……."

단무성은 눈가가 시큰해지는 것을 느꼈다.

그는 이미 알고 있었다. 단천호에게는 자신이나 단천룡이 필요하지 않았다.

그러나 혹시라도 자신이 상심할까 봐 저런 말을 해 주는 것이리라.

자신의 아들은 강한 것뿐만 아니라 마음 씀씀이까지 이미 다 커 버린 것이다.

단무성은 아버지 된 도리로 해야 할 일을 떠올렸다.

"네 어머니는 찾아뵈었느냐?"

"에?"

"집에 오자마자 출정했다는 것을 알았다면 지금쯤 네 뼈를 뽑아 버리겠다고 벼르고 있을 텐데?"

"에에엑?"

단천호는 사색이 되었다.

그러고 보니 오자마자 어머니 처소부터 들렀어야 하는 건데 상황이 너무 급박하게 돌아가서 생각을 못 했다.

"지금이라도 가 보지 그러느……."

말이 끝나기도 전에 단천호는 이미 사라지고 없었다.

단무성은 빙그레 웃었다.

"원 녀석도."

천품이란 말도 부족할 만큼 놀라운 모습만 보여 주는 아들이다.

다행인 것은 천재들에게 종종 보이는 단점들이 보이지 않는다는 것이다.

저 정도로 뛰어나면 부모가 우습게 보일 만도 할 것인데 결코 정도를 넘지 않는 모습이 대견했다.

"하기야……."

요즘 들어 보이는 유우란의 모습을 생각해 보면, 단천호도 어쩔 수 없을 것이다.

단무성은 유우란을 생각하자 등골이 서늘해지는 것을 느꼈다.

"말년에 이 무슨……."

어느 날부터인가 유우란의 모습이 변해도 너무 변해 버렸다. 현숙하기 그지없던 아내이던 그녀가 어느 날인가부터 바가지 신공을 십이성 대성해 버린 것이다.

단무성은 유우란의 분노를 온몸으로 받고 있을 단천호를 위해 눈을 감았다.

같은 시각, 단천호는 만천화우를 연상시키며 날아오는 집기들을 온몸으로 받아 내고 있었다.

"어, 어머니! 그건 해동에서 온 청자!"

"시끄럽다!"

"으악! 저게 얼마짜린데!"

"자식새끼 키워 봤자 아무 소용도 없다더니! 먼 길 보내 났다고 밤낮으로 치성드렸더니, 집에 오자마자 말도 없이 또 나가? 내가 오늘 네놈의 버르장머리를!"

"어머니! 아무리 그래도 가족끼리 칼은 아니지 않습니까! 일단 그거부터 내려놓으시고!"

단천호는 그날 머리채가 온통 쥐어뜯긴 채 겨우 유우란의 방에서 나올 수 있었다.

단가장의 최강자는 단천호도 단무성도 아니었다.

"기절할 노릇이군."

단천호는 혀를 찼다.

끌고 온 의형문의 문도들을 아버지가 모두 석방해 버린 것이다.

단천호의 입장에서는 도무지 이해가 가지 않는 일이었

다. 한번 전투가 벌어지고 문주가 죽어나간 이상 의형문의 문도들은 단가장에 반감을 가지게 될 것이다.

물론 중소 문파의 경우 문파의 장이 죽었다고 해서 크게 흔들리는 경우는 잘 없지만 막말로 내 편이 죽으면 기분 나쁜 게 사람이다. 그런 잠재적인 적을 남기느니 차라리 모조리 죽여 버리는 게 낫다.

혹자는 죽인 사람들의 가족이 품을 악의를 생각한다면 살려 주는 게 이득이라고 볼지 모르겠다. 하지만 그것은 하나만 보고 둘은 모르는 생각이었다.

무가의 싸움은 전쟁과는 다르다. 전쟁은 일반인 하나하나가 모여서 군대가 되고, 흩어지면 다시 일반인이 된다. 하나 무가의 경우는 일반인이 거의 없다. 무인의 가족까지도 대부분 무공을 익히고 있다.

이미 의형문이 박살 난 상황에서도 식솔들은 계속 무공을 수련하게 되니, 훗날 단가장에 위협이 될 정도의 고수가 될 수도 있다. 몇십 년이란 긴 기간이 필요하겠지만 뜻밖의 고수가 등장할 수도 있는 것이다.

"마음이 너무 약해."

단천호는 그 부분이 마음에 들지 않았지만 그가 안고 가야 할 부분이라고 생각했다.

"약한 곳이 있다면 보완해야지. 그것을 고칠 수 없다면, 다른 강점을 더 만들면 될 일!"

지금 단가장에서 가장 시급한 것.

단천호는 그것을 위해 처소를 나섰다.

"광(光)!"

수십개의 도가 한 번에 휘둘러졌다.

"섬(閃)!"

유초의 구령에 맞추어 유호대는 비지땀을 흘리며 도를 휘둘렀다. 이번 출정에서 자신들이 부족하다는 사실을 절감한 유호대였다.

"쉬지 마라! 오늘의 땀 한 방울이 내일 있을 전투에서 피 한 방울을 줄일 수 있다!"

유초는 어느새 그들을 이끌어 나가고 있었다. 이름만 대주였던 과거를 생각하면 괄목할 만한 성장이었다.

"호오?"

단천호는 그들의 수련을 보며 빙긋이 웃었다.

어느새 단천호가 다가와 있는 것을 발견한 유초가 사색이 되어 외쳤다.

"겨, 경례!"

"충!"

유호대 전체가 입을 모아 외치며 무릎을 꿇었다.

단천호는 고개를 끄덕이며 그들을 돌아봤다.

"수련은 좀 했나?"

유초는 등골을 타고 식은땀이 흘러내리는 기분이었다.
못해도 한 달은 넘어서 돌아올 거라고 생각했던 단천호가
보름 만에 돌아와 버린 것이다.

"열심히 했습니다."

대답할 것은 이것밖에 없었다.

그리고 사실이기도 했다.

유초를 위시한 유호대는 단천호가 없는 동안 정말 미친
듯이 수련에만 몰두했다.

"개소리하고 있네."

하지만 단천호는 영 마음에 안 든다는 얼굴이었다.

"의형문이랑 붙었을 때 다친 놈들 앞으로 나와."

단천호의 말이 떨어지자마자 하얗게 얼굴이 질린 대원
몇이 앞으로 나섰다.

단천호는 그들은 슬쩍 바라보고는 하나하나 눈을 마주
쳤다.

"어디 다치셨어요?"

"사…… 살짝 긁혔습니다."

"세 치만 더 들어갔어도 팔 잘렸겠네?"

"……."

세 치라니!

무인에게 세 치가 얼마나 큰 간격인데, 저런 식으로 과
장해 버린단 말인가!

생각은 그렇게 했지만 입 밖으로 낼 용기가 있는 사람은 아무도 없었다.

"너는?"

"내, 내상을 조금."

"히야! 입마라도 들었으면 주변에 있던 애들한테 칼 날렸겠네?"

"……"

단천호는 인상을 확 썼다.

"아, 주 그냥 미쳐도 단단히 미쳤구만? 걔들하고 붙으면서 다쳐?"

유초는 눈을 감았다. 저 뒤에 이어질 말은 듣지 않아도 알 수 있었다.

"얼마나 수련을 대충대충했으면 그런 놈들이랑 싸우면서 몸에 칼자국을 내! 그래, 이게 다 내 잘못이다. 내가 처음부터 너희들을 제대로 가르쳤다면 이런 일이 있었겠냐!"

유초는 고개를 끄덕일 뻔했다.

너무 예상대로 흘러간 나머지 저절로 고개가 끄덕여졌던 것이다.

"내 잘못을 통감한다. 하지만 아직 늦지 않았다. 내가 진정한 지옥 수련으로 네놈들의 정신 상태부터 싹 뜯어고쳐 주마!"

그리고 유호대의 지옥이 시작되었다.

"끄응……."

"으으……."

여기저기서 신음이 터져 나왔다.

단천호는 평상에 누워 일광욕을 하며 입을 열었다.

"누가 나 부르는 거냐?"

"……."

신음 소리가 쏙 들어갔다.

동시에 칼날 같은 눈빛들이 쏟아져 나오기 시작했다.

'귀신은 뭐하나 저 인간 안 잡아가고!'

'제 명에 죽으려면 단가장을 나가던지 해야지.'

'아이고, 가주님. 제발 저 양반 의천맹으로 다시 보내
주십시오.'

겉으로는 신음도 못 내니 속으로 욕할 수밖에.

"욕하지 마라. 다 들린다."

"……."

귀신이 따로 없었다.

단천호가 그들에게 시킨 수련은 아주 간단했다.

전력으로 도를 휘두르는 것이다.

아주 간단한 수련이다.

하지만 그것이 두 시진 연속이라는 전제가 붙으면서 간
단한 수련이 간단한 수련이 아니게 되어 버린다.

전력으로 도를 휘둘러본 사람은 안다. 정말 전력으로 무언가를 휘두른다면 채 몇 번 휘두르기도 전에 진이 빠지게 된다.

그렇다고 조금만 요령을 부릴라치면 귀신같은 단천호가 차라리 죽는 게 낫다 싶은 구타를 직접 자행했다.

덕분에 유호대는 아주 녹초가 되어 버렸다.

"어딘가 요령 피우는 소리가 나는데?"

"끄응."

모두가 지쳐 쓰러져 갈 때쯤 유초가 도를 휘두르며 입을 열었다.

"이…… 이공자님."

"왜?"

"이 수련은 무슨 의미입니까?"

"의미?"

유초는 헐떡거리는 숨을 억지로 고르며 입을 열었다.

"예전 마보도 그랬고, 이공자님께서 시키신 수련에는 다 의미가 있었습니다. 이번에도 분명 의미가 있을 거라고 생각합니다."

"호오?"

단천호는 몸을 일으켰다. 그리고 유초를 바라보며 의미심장한 미소를 지었다.

"꽤 똑똑해졌는데? 넌 반 각 휴식."

"감사합니다!"

유초는 그 자리에서 쓰러지듯 주저앉았다.

단천호는 유호대를 둘러보며 입을 열었다.

"자, 다 알지? 맞추는 사람은 반 각 휴식!"

동시에 사방에서 목소리가 터져 나왔다.

"체력을 기르기 위해서입니다!"

"검에 힘을 싣기 위해서입니다!"

"어깨를 강화하기 위해서입니다!"

단천호는 고개를 저었다.

"땡! 다 틀렸다. 저 끝에 '괴롭히려고 그런 거지, 의미
는 개뿔' 이라고 한 놈. 너는 검집 끼우고 휘둘러라."

단천호는 장내를 정리하며 입을 열었다.

"유초."

"예!"

"넌 이번에 상대한 놈들이 유호대보다 강하다고 생각하
나?"

"아닙니다."

"그럼 위험한 적이었다고 생각하나?"

"아닙니다!"

"그럼 왜 다쳤을까?"

"……잘 모르겠습니다."

단천호는 고개를 턱을 쓰다듬으며 말했다.

"다친 놈들 중에 시작하자마자 다친 놈 있나?"

대답은 없었다.

"없겠지. 우리가 기세를 타고 있는 상황에서 니들이 달려들었으니까. 그 상황에선 보통 긴장이란 게 없거든. 긴장이란 건 내가 어떻게 해 줄 수 없는 문제다. 그래서 너희는 항상 실전에 버금가는 대련을 하며 전투에서 긴장을 가지지 않도록 하고 있지. 문제는⋯⋯."

단천호는 손가락을 튕겼다.

"전투란 건 상상을 초월하는 피로감을 가지고 온다는 거다."

모두가 고개를 끄덕였다.

"아무리 실전을 가장하고 연습을 해도 실전과 연습은 다르다. 내 목이 달아날 수도 있다는 긴장감은 사람의 체력을 빠르게 앗아 간다. 그래서 대련은 다섯 시진도 너끈히 할 수 있지만 실전은 한두 시진 만에 완전 녹초가 되어 버리는 것이지."

"체력을 기르라는 말씀이십니까?"

유초의 말에 단천호는 미소를 지었다.

"반 각 휴식 취소. 너 복귀."

유초는 울상을 지으며 다시 도를 들었다.

"멍청한 소리. 너희가 다친 이유가 뭐냐? 체력이 부족해서? 피곤하다고 칼 날아오는 데 몸으로 맞아 줄 놈 있냐?"

모두 고개를 저었다. 그런 사람이 있을 리가 없지 않은
가?

"사람이 체력이 떨어지면 제일 먼저 나오는 증상은 집
중력의 저하다. 평소에는 할 수 있던 것이 불가능해진다는
것이지. 팔이 움직이지 않아서가 아니라 평소보다 아주 조
금 늦어지는 상황 판단이 그런 결과를 가져온다. 결국 전
투에서 생존률을 높이는 방법은, 시간이 지나도 집중력을
잃지 않는 것이다."

단천호는 도를 열심히 휘두르는 유호대를 바라보며 혀
를 찼다.

"애초에 난전이었던 것도 아니고, 처음에 맞지 않았던
칼을 나중에 맞았다는 말은 뻔하다. 적도 똑같이 체력이
떨어졌을 테니, 방심했거나 신경을 덜 썼다는 것이지. 다
시 말해서 집중력이 떨어졌다는 말이다. 아닌가?"

"그렇습니다!"

"그럼, 몸이 피곤에 절어도 집중력을 놓지 않도록 해야
지. 가장 간단한 방법은? 지금 너희들이 하고 있는 수련이
다."

"잘 모르겠습니다."

유운호는 고개를 갸웃거렸다.

"전력으로 칼을 휘두르는 것과 집중력이 상관이 있습니

까?"

"멍청한 놈. 지금 네놈이 칼을 휘두르는 꼴을 보면 알 수 있지."

"예?"

다른 유호대원들은 동시에 고개를 끄덕였다.

유운호가 말을 하는 동안이야 그렇다 쳐도 단천호가 말을 하는 동안에도 그의 도에서는 기세가 사라졌던 것이다.

"전력으로 칼을 휘두르는 것은 쉽지 않은 일이다. 다른 생각을 조금만 해도 칼에서는 기세가 사라진다. 칼을 전력으로 휘두른다는 생각만 하고 휘두를 때와 멍하게 칼을 휘두를 때의 위력이 같을 거 같은가? 진정 계속해서 전력을 다하기 위해서는 끊임없는 집중이 필요하다."

단천호는 싱긋이 웃었다.

"자, 지금 내 말을 알아들은 사람들은 전부 칼을 멈춰라."

일순간 반수에 달하는 인원이 칼을 멈췄다.

"좋아. 너희는 앞으로 나오도록."

모두들 어리둥절해 하면서도 재빨리 앞으로 튀어나왔다.

단천호는 가장 앞에 나온 유초의 어깨를 두드렸다.

"이해력이 좋군."

유초는 살짝 웃으며 입을 열었다.

"과찬이십니다."

"미쳤지?"

분위기가 싸해졌다.

"……예?"

퍼억!

단천호의 발이 유초의 배에 틀어박혔다.

"크윽!"

유초는 불의의 일격에 배를 움켜잡았다.

"왜 맞는지 생각해 봐."

"……."

유초는 입을 열지 못했다. 아무리 생각해도 이유를 알 수 없었다.

"내가 뭐라고 했지? 조금이라도 딴생각을 한 순간 전력을 기울일 수 없다고 했지? 그런데 왜 내 말을 듣고 있었지? 내 말을 듣고 머릿속으로 그것을 생각하는 순간 손에는 힘이 빠진다. 집중이 깨진다는 말이지."

유초의 얼굴이 굳었다.

단천호의 말은 분명 맞는 말이었다.

하지만…….

'말은 니가 걸었잖아!'

유초의 본심이었다.

"진짜로 집중하면 말 따위가 들릴 리가 없겠지? 그럼

너희는 집중하지 않았다는 말이겠군. 과연 유호대. 용기가
가상하군. 상으로 너희는 한 시진 추가다."

모두가 울상이 되었다.

"복귀."

단천호의 말이 떨어지기 무섭게 모두가 제자리로 돌아
가 도를 휘둘렀다.

"집중하고 또 집중해라. 너희는 체력이 빠지고 죽을 것
같은 상황에서 수도 없이 전투를 벌여야 한다. 그때 살아
남으려면 날아오는 칼이 하품이 나올 정도로 느려 보여야
한다. 그래야 살아남을 수 있다."

단천호는 모두가 집중한 채 도를 휘두르자 고개를 끄덕
였다.

"좋아. 그만!"

일제히 도가 멈추었다.

"단체로 개념을 상실했군. 죽어 봐라."

단천호의 몸이 그들 사이사이를 부지런히 누비기 시작
했다.

"아악!"

"아! 왜 때리……."

"살려 주십시오!"

유초는 별이 보일 정도로 맞으며 깨달았다. 멈추라고
해서 멈췄다는 것은 말이 들렸다는 것이다. 그건 진정으로

집중하지 않았다는 뜻이다.

그게 단천호의 생각이었다.

그 후에도 똑같은 상황이 몇 번이고 반복되었다.

그리고 단천호가 던진 떡밥을 문 자들은 남김없이 몸으로 그 대가를 치러야 했다.

황귀는 인상이란 인상은 다 쓰면서 부하들을 바라보았다.

적어도 한때 단가장에서 그들의 이름은 가장 찬란하게 빛났다. 단가 최강의 무력이라 일컬어지던 단가무쌍대! 그들은 지금 모조리 다 떨어진 마의를 입고 마당을 쓸고 있었다.

"……염병……."

단천호에게 박살이 난 그날부터 단가무쌍대는 세가의 가장 강한 무력이 아니라 세가의 가장 부지런한 하인이 되어 버렸다.

검의 궤적이 틀렸다고 불같은 노성이 떨어지는 대신, 탁자를 깨끗이 닦지 못했다고 욕을 먹었다.

끊임없이 검로를 연구하던 그들이 끊임없이 어떻게 하면 좀 더 빨리 일을 마치고 쉴 수 있을까를 연구하고 있었다.

천상 무인인 황귀로서는 참을 수 없는 노릇이었다.

"무슨 걱정이라도 있으십니까?"

한때 단가무쌍대의 부대주로서 그를 보필했던 무호가 걱정스러운 눈빛으로 물었다.

황귀는 한숨을 내쉬었다.

"뒷간 청소는 다 했느냐?"

"……예."

"대충 정리시키고 밥 먹으러 가자."

"알겠습니다."

황귀는 대원들에게 명을 전하러 가는 무호의 뒷모습을 보며 다시 한 번 한숨을 내쉬었다.

"저게 어딜 봐서 무인의 뒷모습이냐……. 누가 봐도 돌 쇠건만."

황귀는 고개를 들어 푸른 하늘을 바라보았다.

사실 처음부터 황귀가 이 생활을 마음에 들어하지 않았던 것은 아니다. 처음 하인 일을 맡았을 때는 오히려 마음이 편해지는 것을 느끼지 않았던가?

그러나 황귀의 마음은 그날을 기점으로 완전히 달라져 버렸다.

단천호가 그들을 이끌고 의형문을 쳤던 그날.

짧은 시간이지만 그들은 무인으로 돌아갔다.

피가 튀고 살이 튀는 격전.

그리고 가공할 단천호의 무위.

황귀는 그 모든 것을 두 눈으로 똑똑히 보았다.

무인이라면 그런 광경을 보고 피가 끓지 않을 수 없으리라.

황귀가 그려 오던 무인의 삶이 그곳에 있었다.

"그런데⋯⋯."

단가무쌍대는 검을 뽑아 보지도 못하고 돌아왔다.

식충이나 다름없던 유호대가 단천호의 뒤를 지키며 활약하는 동안 단가무쌍대는 의형문을 봉쇄하는 임무를 맡은 것이 다였다.

칼 한 번 휘둘러보지 못한 출전.

어찌 아쉬움이 남지 않을 수 있겠는가?

아드득!

황귀의 이가 갈리며 기묘한 소리를 만들어 냈다.

"반드시! 반드시 복직하겠다!"

처음 단천호가 내기를 걸었을 때는 죽어도 하고 싶지 않았다.

이기면 복직, 지면 지옥과 같은 길이 기다리고 있다. 이겨도 크게 얻는 것이 아니고, 지면⋯⋯.

그래서 꺼려졌던 내기였다.

하지만 지금은 아니다.

지금은 칼이 안 된다면 이로 물어서라도 반드시 해내야 한다는 마음뿐이었다.

"무호!"

황귀는 크게 소리쳤다.

"예!"

대원들에게 지시하던 무호가 크게 대답하며 황귀에게 달려왔다.

"아직도 칠절검법을 오 성 이상 터득하지 못한 놈들이 있나?"

"……그게……."

황귀의 눈에서 불꽃이 튀었다.

"이 버러지 같은 것들! 도대체 뭘 하는 것이냐!"

무호가 씁쓸한 표정을 지었다.

"내공이 금제되어서 실제로 내공을 실어 펼쳐 볼 수가 없지 않습니까. 애들도 열심히 하고는 있습니다만, 이렇게 라면……."

황귀는 가슴을 후려쳤다.

"빌어먹을! 갈 길은 구만리인데 입구에서 허우적대고 있으면 어쩌자는 거냐!"

"방법이 없지 않습니까."

답답하긴 무호도 마찬가지였다.

칠절검법을 익히고 청혼신공을 익혀라.

무척 쉬운 말이었다. 그리고 실제로도 어렵지 않은 일 일 것이다.

하지만 내공을 쓸 수 없는데 무슨 수로 무공을 익히란 말인가?

초식을 익히고 검로를 쫓는 것도 한계가 있었다.

내공을 실은 연무 한 번 해 보지 못하는데 어떻게 성취를 높일 수 있겠는가?

황귀는 얼굴을 굳혔다.

이대로라면 승부는 뻔하다.

"내공을 써라."

"……예?"

"전에는 이공자께서 금제하셨기에 풀 수 없었지만 이번 출정을 갔다 온 뒤로는 자체 금제를 했으니 다 풀 수 있을 것 아니냐. 밤이 되면 몰래 금제를 풀고 수련을 한다!"

무호의 얼굴이 사색이 되었다.

"그, 그러다가 이공자님께서 아시기라도 하는 날에는……."

"모든 책임은 내가 진다!"

황귀는 더 이상 물러날 수 없었다.

그도 느끼고 있다. 단가장은 슬슬 풍운에 휩싸이고 있었다. 이번 의형문 사건을 계기로 단가장은 수도 없는 전투를 치러야 할 것이다.

그러니 언제까지 단가무쌍대가 하인으로 머물러 있을 수는 없었다. 가만히 기다리기만 해도 언젠가는 복직이 될 것이다.

그러나!

그 시기가 늦어지는 것을 황귀는 참을 수가 없었다.

"안 됩니다. 저는 이공자님의 명을 어길 수 없습니다."

무호는 고개를 저었다.

황귀는 대주다. 대주의 명은 분명 중요하다.

하지만 적어도 무호에게 단천호의 명보다 우선해야 할 것은 아무것도 없었다.

황귀의 불타는 시선이 무호에게 꽂혔다.

하지만 무호는 물러서지 않았다.

"왜 이렇게 서두르시는지 모르겠습니다. 저희가 내공을 쓸 수 없어 진척이 느리다는 것을 이공자님께서 모르실 리가 없지 않습니까. 이제 겨우 보름입니다. 그런데 왜 그렇게 서두르시는 겁니까?"

"아직도 모르겠나?"

"예?"

황귀는 이를 갈며 말을 이었다.

"이대로…… 이대로 조금만 시간이 지나 버리면 복직이 되어도 아무런 의미가 없다."

"그게 무슨……."

"너도 봤겠지. 이번 출정에서 이공자님의 신위를."

무호의 눈이 멍해졌다. 무인으로서 그런 모습을 보고

가슴이 끓지 않는다면 거짓말이리라.

"예. 이 두 눈으로 똑똑히 보았습니다. 전 그렇기에 더더욱 이공자님의 명을 어길 수 없습니다."

"이이, 하나만 알고 둘은 모르는 놈 같으니!"

"예?"

"넌 당연히 이공자님의 곁에서 함께 싸우고 싶겠지?"

"물론입니다!"

"이번 전투에서 이공자님의 곁에서 싸운 놈들이 누구냐!"

"그야 유호……."

무호는 그제야 깨달은 듯 안색을 굳혔다.

"그래! 유호대다. 단가무쌍대가 아니라 유호대다! 그 식충이 같던 놈들이 어느새 무시 못 할 만큼 강해져서 이공자님의 곁을 지켰다. 우리는 그 모습을 빤히 바라보아야 했지. 복직? 당연히 되겠지. 그러나 그 시기가 늦춰진다면!"

황귀의 얼굴은 더할 나위 없이 비장했다.

"이공자님의 곁에는 단가무쌍대가 아니라 유호대가 서게 될 것이다. 난 그것을 참을 수 없다."

"……무슨 말씀이신지 알겠습니다."

무호는 황귀의 심정을 이해했다. 그리고 크게 공감했다.

단가장의 최강은 언제나 단가무쌍대였다. 그러니 단천

호를 보필하면서 함께 싸워야 할 이들도 분명 단가무쌍대였다.

그런데 그 자리를 감히 유호대라는 잡것들이 넘보고 있는 것이다.

이대로 시간이 조금만 더 지나면 유호대는 자연스럽게 단천호의 친위 부대가 되어 버릴 것이다.

무호 역시 순순히 그 자리를 내어 줄 생각은 없었다.

"모든 책임은 내가 진다. 다들 금제를 풀고 수련을 하라고 해!"

"예! 죽으면 저도 같이 죽겠습니다!"

"무인 황귀! 일생일대의 도박이다!"

황귀와 무호는 의기투합했다.

그리고 그런 도박을 의아해 하는 남자가 있었다.

"무슨 도박?"

"응? 히이이익! 이공자님!"

어느새 단천호가 그들을 향해 걸어오고 있었다.

황귀와 무호는 염통이 입 밖으로 튀어나올 만큼 놀라고 말았다.

"무슨 도박이라는 거냐? 뭐 다시 한 번 뒤집어엎어 보게?"

황귀와 무호는 그 자리에서 바로 엎드렸다.

"무슨 천부당만부당한 말씀이십니까? 소인들이 명이 열

개라도 되지 않는 이상…… 아니 백 개가 넘는다고 해도 감히 그런 일을 꿈꾸겠습니까?"

"맞습니다! 저는 차라리 혀 깨물고 죽으면 죽었지 단가장에 반기를 들 생각은 하지 못합니다. 꿈에 나올까 무섭습니다!"

"호오?"

단천호는 의심스럽다는 눈빛으로 황귀와 무호를 바라보았다.

"그건 그렇고 소인이라는 말이 그렇게 쉽게 나오다니, 이제는 하인 생활이 완전히 몸이 익었군."

"……"

"덕분에 여기저기서 편하다는 말도 많이 들리고, 아무리 생각해도 니들 천직은 하인인 것 같단 말이야? 너희도 편하지?"

무호와 황귀는 자리에서 벌떡 일어났다.

도저히 참을 수 없는 말이었다.

"아닙니다!"

"편할 리가 있겠습니까! 저희는 무인입니다!"

단천호는 고개를 끄덕였다.

"그럼 복직하고 싶다?"

"물론입니다!"

"당연합니다!"

단천호는 흐뭇해졌다.

당연히 이래야 했다. 그들이야말로 단가장의 자부심이 었던 단가무쌍대가 아닌가!

단천호는 고개를 끄덕였다.

"여러모로 고민이었는데 다행이군! 이제 안심이야!"

"심려 끼쳐 드려 죄송합니다!"

"앞으로도 최선을 다해 분골쇄신하는 모습을 보여 드리 겠습니다!"

"그래, 그래!"

단천호는 저절로 신이 난다는 듯 웃었다.

그 모습을 보는 무호와 황귀 역시 신이 났다.

이공자는 단가무쌍대를 잊고 있었던 것이 아니었다. 당 연한 일이고말고. 세가 최강의 무력을 어떻게 괄시할 수 있다는 말인가?

이제 오만한 모습을 벗고 단가장을 위한 견마지로를 다 짐했으니, 오늘부로 단가무쌍대는 낙인을 벗고 다시금 날 아오를 것이다.

물론 그들의 생각이었다.

"목숨을 걸고 복직을 노리겠다니! 장하군! 그래 이 모습 이야말로 내가 원하던 모습이지!"

"……예?"

"……목숨?"

단천호가 의아한 얼굴로 되물었다.

"복직하겠다며?"

"……그거야 당연히……."

"예전에 내가 한 말 잊었나? 시험해 보고, 마음에 들면 복직시켜 주고, 마음에 안 들면?"

"개…… 개인 면담……."

단천호는 고개를 끄덕였다.

"생각을 좀 해 봤는데, 그렇게 되면 바쁘기 그지없는데 일을 두 번 하게 되더군. 역발상을 하자고. 개인 면담을 해서 마음에 드는 놈은 복직시키는 거야."

"……."

"마…… 마음에 든다는 기준이……."

단천호는 싱그럽게 웃었다.

"살아남으면."

은근히 세 사람의 대화에 귀를 기울이고 있던 단가무쌍대 전체가 그 자리에서 굳었다.

"예전에도 반역죄를 저지르거나 극악무도한 죄를 저지른 놈은 전장으로 보내 복역시키고, 살아남으면 죄를 면책해 줬지. 선조의 지혜란 참 대단하단 말이야."

"……아니……."

"안 그래도 고민이었다니까? 이게 제일 옳은 방법 같은데, 니들이 그냥 '하인으로 평생 살겠습니다' 라고 해 버리면 어쩔 수가 없잖아. 그런데 목숨 걸고 복직을 노리겠다니! 역시 단가무쌍대! 내 그 패기는 인정하지!"

"⋯⋯."

단천호는 황귀의 등을 두드렸다.

"크하하핫! 역시 대주가 사나이라 그런지 아랫사람들도 다들 배짱 하나는 끝내주는군! 감히 나와 일대일로 하나하나씩 붙어 보겠다니 말이야!"

황귀의 등으로 식은땀이 흘러내리기 시작했다.

그가 원한 것은 이런 것이 아니었다. 지금이라도 이 말도 안 되는 상황을 막아야 한다!

"저⋯⋯ 이공자님!"

"크으! 하인으로 사는 게 낫겠다고 말한 쓰레기들이 있었다면 다 죽여 버려야 하나 고민하고 있었는데! 역시 단가무쌍대. 내 기대를 저버리지 않는군."

"⋯⋯."

황귀는 입을 다물었다.

주위를 돌아봐도 모두 절벽이었다.

이제⋯⋯ 빠져나갈 곳이 없는 것이다.

"그럼 내가 그 기대에 부흥해야겠지? 너희는 무인이니까 절대 살살 하는 것을 바라지 않을 것 아냐!"

"⋯⋯아니⋯⋯."

우드드득!

단천호의 주먹이 뼈 소리를 냈다.

　그의 얼굴은 미소 짓고 있었지만 아무도 그것을 미소라 생각하지 않았다.

　"걱정 말라고. 내가 너희를 위해 반드시 전.력.으로 상대해 줄 테니까 말이야! 하하하하핫! 그럼 가까운 시일 내에 보자고! 오늘은 바빠서 이만!"

　단천호는 유쾌한 웃음을 터뜨리며 천천히 멀어져 갔다.

　털썩!

　황귀와 무호는 그 자리에 주저앉았다.

　"……어머니."

　"아이고! 조상님!"

　정말 힘들 때 기댈 수 있는 곳은 의외로 한정되어 있는 법이다.

　황귀의 반쯤 풀린 시선이 하늘을 향했다.

　"……망했다."

　"이제 어쩌실 겁니까!"

　"젠장! 내가 뭘 어쨌다고 나한테 그래!"

　"다 대주님이 일을 벌여서 시작된 것 아닙니까!"

　황귀의 얼굴이 굳었다.

　"너 좀 대든다?"

　"젠장! 어차피 뒈질 건데 이래 죽으나 저래 죽으나 마음대로 하십시오. 누가 겁난답니까!"

황귀는 입맛을 다셨다. 지은 죄가 있다 보니 할 말이 없었다.

"……이럴 게 아니라 방법을 찾아보자."

"방법은 개뿔이! 저 양반이랑 일대일로 붙는데 방법을 찾으라고요? 차라리 도를 닦아서 내일 아침까지 승천하는 게 빠르겠습니다!"

황귀는 고개를 푹 숙였다.

"……어쩌지?"

"하아……."

대주와 부대주의 대화를 지켜보는 대원들의 얼굴 역시 새하얗게 질려 있었다.

단천호의 무위를 누구보다 뼈저리게 실감한 것이 바로 단가무쌍대 아닌가?

전체가 달려들어서 한 사람을 감당 못 했는데 일대일이라니!

"……방법이 있을 것도 같습니다."

무호의 말에 황귀가 반색했다.

"역시 부대주! 무슨 방법인가!"

"……뒷골목에서 은근히 내려오는 방법인데……."

"뒷치기? 그건 말도 꺼내지 말게 몰살당하고 싶지 않다면."

"호랑이 뒤를 치는 토끼도 있습니까? 그게 아니라 약입니다, 약!"

"……마약?"

무호는 고개를 저었다.

"그게 아니라 잠력격발단이라는 건데, 이게 먹으면 한동안 평소보다 몇 배의 힘을 내게 해 주는 효능이 있는 약입지요."

"……부작용은?"

"…… 죽는 거보다야……."

황귀는 하늘을 바라보았고, 무호는 땅을 긁었다.

한참을 그렇게 있던 황귀는 결심을 한 듯 입을 열었다.

"개 풀 뜯어먹는 소리 하지 말고, 지금 너희는 모두 금제를 풀어라."

"……들키면요."

"빌어먹을! 이래 죽으나 저래 죽으나! 모두 금제 풀고 다가올 그날을 위해 잠도 자지 말고 수련해! 알겠냐?"

대답이 없었다.

단천호의 말을 어기는 것은 그만큼 쉽지 않은 일인 것이다.

"이 자식들아! 어차피 죽을 거라면 발버둥이라도 쳐야 할 것 아냐! 그대로 말 다 듣고 지킬 거 다 지킨다고 봐줄 사람이냐? 저 사람이?"

"……절대로 아니지요."

"그럼 미꾸라지도 꿈틀한다는 것을 보여 주자고!"

"지렁이겠지요."

그다지 설득력 없는 말이었지만 위기 앞에서는 모두가 뭉쳐야 살아남을 수 있는 법이다.

단가무쌍대는 단숨에 의기투합했다.

"살아남는 거다!"

"살아남자! 살아남자!"

"으아아아!!"

황귀의 앞선 구령에 모두가 동참했다.

그들은 즉시 금제를 풀고 서로를 향해 맹렬히 검을 휘두르기 시작했다.

황귀는 그 모습을 지켜보다가 조용히 입을 열었다.

"……무호."

"예, 대주님."

"그거 구해 봐라."

"뭐 말입니까?"

"잠력격발단."

"……."

하지만 의기로도 해결되지 않는 것이 있는 모양이었다.

단천호는 미소를 지었다.

애초에 황귀와 무호가 하는 대화를 듣지 못할 리 없는

그였다.

다 알고 있었지만 짐짓 모른 척해 주었다.

명을 어기는 것은 분명히 잘못된 것이다.

이것은 이견이 있을 리 없다.

하지만 단천호는 명을 어기기로 결심한 황귀에게 높은 점수를 주었다.

무인이란 머물러 있어서는 안 되는 생물이다. 그 자리에 안주하는 순간, 무인의 가치는 사라지고 퇴보가 시작된다.

얽매는 것 역시 옳지 못하다.

명이란 반드시 지켜야 하는 것이지만, 무인은 스스로 생각하고 스스로 움직여야 발전하는 동물이다.

이 괴리를 어떻게 벗어나야 할 것인가?

대부분 자신이 처한 현실을 벗을 때 무인은 한 꺼풀 앞으로 나아가게 된다.

장삼봉이 소림을 벗어나 무당을 만들었듯이, 전진이 무너지며 화산과 여러 도가로 다시 태어났듯이.

명령에 복종해야 한다는 강박에서 벗어난 단가무쌍대는 분명 더 발전할 것이다.

다만······.

"죗값은 치러야지!"

강해지는 것은 강해지는 것이고, 죄는 죄다.

이 말도 안 되는 괴리를 단천호는 간단하게 풀어 버렸다.

"말을 안 듣고 앞으로 나아갔다면, 죄를 저지른 만큼 처 맞아서 대가를 치르면 될 일!"

그것으로 충분한 것이다.

어길 수 있는 명과 어길 수 없는 명을 구분하는 것 역시 좋았다.

금제를 푸는 것은 허용할 수 있지만, 하인의 신분을 잊는 것은 허용할 수 없는 일이다.

단가무쌍대에게 내려진 진짜 벌은 금제가 아니라 신분이었으니까.

황귀는 그것을 알았다.

"그럼…… 어디 한번 얼마나 강해지는지 지켜볼까?"

단천호는 꽤 유쾌해졌다.

이제 곧 움직임이 있을 것이다. 단가가 의협문을 부수었다는 것을 안 하남의 문파들이 촉각을 곤두세울 때가 되었다.

우선 가장 신경 써야 할 것은 악연이 있는 오대세가였다.

"자, 어떻게 나올 거냐?"

단무성의 말이 맞을지도 모른다.

누구라도 지금은 참았어야 하는 시기라고 할 것이다.

단가장은 여전히 약하기 그지없고 이제 겨우 강해지기 시작했다. 조금 더 시간을 더 끌었다면 분명 지금보다 유리한 입장에서 싸울 수 있었을 것이다.

하지만 단천호는 그것을 원하지 않았다.

더 강한 힘으로 약한 적을 내리누른다.

그것은 병법의 기본이자 당연한 이치였지만, 단가장에는 맞지 않았다.

지금은 비록 약하지만, 싸울수록 더 강해진다.

그것이 단천호가 원하는 방식이었다.

끝없는 도전의 연속.

앞으로 단천호가 걸어가야 할 길이었다.

그리고……

시간은 단천호의 편이 아니었다.

긴 시간을 들여 단가장을 정비하면 분명 그들이 올 것이다.

혈천.

연가와 단가장의 충돌을 혈천이 놓쳤을 리 없다.

그리고 단가장의 약진 역시 놓치지 않을 것이다.

단가가 치고 올라가면 정파가 흔들리는 동시에 혈천이 조급해진다.

지금은 눈앞의 싸움에 이기는 것을 신경 쓸 때가 아니라 훗날의 싸움까지 고려해야 한다.

물론 단천호는 눈앞의 싸움도 훗날의 싸움도 질 생각이
없었다.

"이제 시작이다."

단천호의 싸움은 지금부터 시작이었다.

23
장
—
오
대
세
가
,
움
직
이
다

시간은 빠르게 흘렀다.

어느새 단천호가 단가장에 복귀한 지도 한 달이 지났
다.

겉으로 보기에 단가장은 별 변화가 없어 보였다.

하지만 안을 들여다본다면 모두가 경악할 변화가 진행
되고 있었다.

"무쌍대보다 늦는 새끼들은 내 손으로 찢어 죽여 버리
겠다!"

"유호대 같은 잡종들에게 지는 놈은 내가 친히 다시 하
인으로 만들어 주마!"

무쌍대와 유호대는 서로를 적대하기 시작했다.

그들은 단천호를 보필할 수 있는 자리를 두고 맹렬히 서로를 물어뜯었다.

무쌍대와 유호대는 서로를 원수라 불렀고, 단천호는 태연하게도 선의의 경쟁이란 이름을 붙였다.

"애들은 싸우면서 크는 거야."

친선 대련이란 명목으로 비무를 벌일 때마다 피가 터지고 뼈가 부러져 나갔지만 단천호는 개의치 않았다.

단천룡과 단무성이 비무가 이상한 방향으로 흐른다고 말하자 단천호는 안타까운 얼굴로 말했다.

"그러니까 애초에 진검으로 했어야 한다니까…… 지금이라도!"

단무성은 기겁하여 단천호에게 사정을 했고, 단천룡은 단천호의 바짓가랑이를 잡고 늘어졌다.

물론 변화는 거기서 그치지 않았다.

"불민하기 그지없는 소인에게 감당하기 힘든 자리를 내려 주신 단천호 공자님께 받은 은혜를 어찌 다 갚아야 할지 모르겠습니다. 제 짧은 소견으로는 이 한 몸 뼈가 으스러지고 살이 다 헤질 때까지 밤낮으로 최선을 다해 일하는 것이 제가 받은 무한한 은혜를 조금이나마 갚고 더 나아가 단가장의 찬란한 앞날을 밝힐 수 있는 한 줄기 촛불이 되어……."

단천호가 중간에 막지 않았다면 한 시진은 이어졌을 가공할 감사의 말과 함께 드디어 단천호의 상계 정복 계획이 시작되었다.

그 선봉장으로 나선 것이 단천호가 친히 섭외해 온 점소이 손왕(遜王)이었다.

"손님을 왕처럼 생각하겠습니다!"

관가에서 들었다면 당장 구족을 멸하겠다고 달려들 만한 말을 쉽사리 내뱉는 손왕이었다.

천하의 단천호마저 손왕의 배포에는 멍해졌다는 후문이 들려온다.

각설하고 손왕의 장사 능력을 바탕으로 무한에 손왕객잔 일호점이 세워졌다.

아직은 작은 객잔에 불과하지만 단천호의 생각대로라면 이 객잔은 전 중원으로 뻗어 나가게 될 것이다. 그리고 막대한 자금을 단가가 아닌 단천호에게 안겨 줄 것이다.

살림살이 역시 불어났다.

단천호가 모두 잡아 죽이자고 외쳤던 의형문도들 중 일부가 단가장에 투항해 왔다. 어차피 의형문이 망한 이상 갈 데가 없는 사람들이었다. 그럴 바에야 차라리 단가장에 투신하는 것이 여러모로 낫다고 판단한 자들은 단무성 앞에 무릎을 꿇었다.

"거 봐라! 사람이 마음을 곱게 쓰면 다 덕을 보는 법이다."

"목에 칼 들이대고 투항할래, 아니면 뒈질래 그랬어도 저거보단 많은 놈들이 투항했을 겁니다!"

"……독한 놈."

단무성은 의형문도들을 바탕으로 새로운 대를 출범했다.

그리고 그 이름을 두고 단천호와 옥신각신하다가 새로운 뜻으로 다시 시작한다는 의미로 환신대(換新隊)라는 이름을 붙였다.

단천호는 그 거창한 이름을 듣더니 코웃음을 치며 말했다.

"새 뜻은 얼어 죽을. 밥값이나 하라고 그래!"

환신대의 앞날은 영 밝지 못해 보였다.

이밖에도 수많은 일이 일어났다.

단천룡과 정천대는 단천호와 무쌍대, 유호대에 밀리지 않기 위해 뼈를 깎는 고련을 계속했고, 단천룡은 정식으로 소가주가 되었다.

왜 소가주 자리에 앉지 않냐고 소리치는 유초와 황귀에게 단천호는 피식 웃으며 말했다.

"니가 사흘만 가주가 되어 봐라. 할 일이 얼마나 많은지. 내가 그 귀찮은 걸 왜 해야 되냐? 어차피 단가야 내 마음대로 다 될 텐데. 귀찮은 건 다 천룡이가 하라 그래."

단천호가 소가주가 되지 못한 상황에 분노하여 합심해 단천호에게 간청했던 두 대주들은 그날 저녁 기구한 단천룡의 운명을 안주 삼아 눈물을 흘렸다고 한다.

또 하나의 반가운 소식이 들려왔다.

과거 단가장을 침범했던 연가 창천수호대의 부대주 적산이 단천호를 찾아왔다.

"그때, 그분이 갈 곳 없으면 찾아오라고 하셔서……."

"내가 그랬나?"

"아니…… 그때 그분이."

"그게 나야."

"……."

적산은 환신대의 대주가 되었다.

물론 적산과 함께 단천호가 비무에서 승리해 얻은 막대한 재화와 이득이 함께 들어왔다.

연가에서 얻은 것들의 목록을 보던 단무성이 뒷목을 잡고 쓰러지면서도 기쁨의 눈물을 흘렸다고 한다.

단 한 달 사이에, 단가장은 상상도 못 할 변화를 겪고 있었다.

그리고 이 변화를 피부로 감지한 자들은 단가장의 행보를 예의 주시하기 시작했다.

"단가?"

팽무(彭武)의 미간이 찌푸려졌다.

"살다 살다 별소리를 다 듣겠구나. 오대세가도 아니고, 연가나 서문세가도 아니라 단가장을 경계해야 한다고?"

팽무의 반응에 팽극(彭極)은 난감한 얼굴이 되었다. 하지만 팽무의 반응을 이해할 수 있었다. 말하는 자신도 이런 상황이 오리라고는 생각조차 하지 못했었으니까.

"형님. 대수롭지 않게 넘길 때가 아닙니다. 정말 단가의 움직임이 심상치 않습니다."

"허허허. 내가 가주 자리에 오른 지 어언 이십 년이다. 다시 말하자면, 네가 나를 도와 가문을 운영한 지 이십 년이 되었다는 말이다. 그 이십 년간 이렇게 황당한 소리는 처음 들어 보는구나! 구파일방도 아니고, 오대세가도 아닌 단가를 경계하라고? 천하에서 가장 강한 가문이라 자부하는 우리 하북팽가가?"

팽극은 한숨을 쉬었다. 그의 형은 그가 생각하기에는 완벽한 가주였다.

강한 무공.

뛰어난 지도력.

그리고 과감한 결단성과 비정함까지.

한 세가를 이끌어 갈 사람으로서 장점만을 갖춘 사람이

었다.

그러나 딱 한 가지 단점이 있다면 타인이나 타 세력을 얕잡아 보는 일이 있다는 것이다.

지금만 해도 그렇다.

하북팽가가 강하다고는 하나 남궁세가나 모용세가를 앞에 두고서는 천하제일의 가문이라 말할 수 없는 것이다.

하지만 이런 건 굳이 꼬집어 말할 것은 못 되었다. 부족한 부분이 있다면 그가 채워 나 가면 되는 것이다.

"형님! 아니 가주님!"

"왜 이러느냐. 안 쓰던 호칭까지 쓰고."

"제가 지금까지 가주님께 말씀드린 것 중에 어긋난 것이 있습니까?"

"있지!"

"……예?"

"성이가 태어나기 전에 네가 분명 여아가 태어날 것 같다고 하지 않았더냐?"

"형님!"

팽무는 크게 웃었다.

"허허허! 장난이다. 그래, 네가 지금까지 한 말 중에 분명 틀린 것은 없었지. 그럼 단가를 경계해야 한다는 것 역시 사실이렷다?"

"예."

팽무는 흥미롭다는 얼굴을 했다.

단가장이라니.

그런 문파가 있다는 건 알고 있지만 어차피 중소 문파일 뿐이라고 생각해 무시했던 곳이다. 그런 곳이 자신의 동생에게 이런 평가를 듣는다?

뇌도라 불리는 팽극이었다.

뇌도(雷刀)가 아니라 뇌도(腦刀).

머리를 쓰는 것이 직접 오호도를 휘두르는 것보다 무섭다고 해서 붙여진 이름이었다.

그런 팽극이 한 말이니 틀림없을 터였다.

"무슨 일이 있었느냐?"

"단가와 연가가 서로 시비가 붙었습니다."

"그 일은 나도 알고 있다. 의천맹에서 중재하여 원만하게 끝나지 않았더냐?"

"연가가 망했습니다."

"뭐?"

팽극은 한숨을 쉬었다.

"아직 완전히 망한 것은 아니지만 곧 박살이 날 것입니다. 차라리 몰살을 당하는 것이 마음 편해 보일 정도로 뼛골까지 뽑아 먹혔습니다."

"……연극쌍에 대한 세간의 평가가 과했던 것인가?"

"단무성이 세간의 평가보다 무서웠다는 것이 옳을 겁니

다."

"흐음……."

팽무는 잠시 생각에 잠겼다.

팽극은 그런 팽무를 방해하지 않고 조용히 그를 기다렸다.

"오대세가를 육대세가로 만들겠다던 연가가 몰락하고 그 자리에 단가가 들어섰다. 그 이상의 의미를 둘 만한 사건인가?"

"첫째, 연가는 수십 년의 노력 끝에 그 자리에 올랐지만, 단가장은 순식간에 그 자리를 꿰찼습니다. 둘째, 연가는 육대세가에 들려 했지만 단가장은 오대세가와 연계하려는 움직임이 전혀 없습니다. 셋째, 단가장의 행보가…… 너무 과격합니다."

"과격?"

"의형문이라는 곳이 있었습니다."

"아아, 의형문. 자주 찾아오던 곳 아닌가?"

"사라졌습니다."

"음?"

"단가와 시비가 붙었다더군요."

"사라졌다고?"

팽극은 한숨을 쉬었다.

"말 그대롭니다. 주춧돌 하나 남지 않고 모조리 불탔습니다. 가주와 호법들은 싹 목이 잘렸고, 문도들은 모두 포박되어 압송되었다가 풀려났다고 합니다."

"대체 무슨 시비가 붙었기에 그런 짓을 했단 말이냐?"

팽극은 의형문과 단가장 사이에 있었던 일을 설명했다.

"의형문이 시비를 걸었군."

"트집을 잡았다고 봐야겠지요."

"그렇다고 한 문파를 없애 버린다? 의천맹은 뭘 한 건가?"

"의천맹이 손을 쓰기도 전에 일이 일사천리로 끝나 버렸습니다. 게다가 이상하게 의천맹주가 이 일에 소극적인 모습을 보이고 있습니다."

"……노망이 났나."

말은 그렇게 했지만 팽무의 안색은 조금 굳어졌다.

아무것도 아닌 일일 수도 있다. 겉으로 드러난 모습만 보자면 한 해에 한두 번쯤은 벌어지는 일이니까.

그러나 그 대상이 문제였다.

"단가가 지금까지 힘을 숨기고 있었다는 것인가?"

"그럴 확률이 높습니다."

"과연……."

팽무는 팽극이 하고자 하는 말을 모두 이해했다.

단가가 힘을 숨겼다가 한 번에 뿜어냈다면 이 정도로 멈추지 않을 것이다.

지금은 연가와 의형문이 희생되었지만 단가가 거기에서 멈추리란 법은 없었다. 필시 더 높은 곳을 노릴 것이다.

그리고 그 위에는 오대세가가 있었다.

"기세가 오르기 전에 한 번쯤 꺾어 놓는 것이 좋겠군."

"지금 자극해서는 안 됩니다."

"……음?"

팽극이 미소를 지었다.

"지금까지 드러난 것으로만 보아도 단가장은 무시해 버릴 만한 전력이 아닙니다. 정면으로 충돌한다면 반드시 피해가 있을 것입니다."

"그 정도 피해야 감수할 수 있다."

"물론입니다. 하지만 다른 세가들이 기뻐하겠지요."

"음……. 그렇구나."

팽극의 눈이 빛났다.

"다른 세가들이 움직이기 전에 선수를 쳐야 합니다. 간단히 체면치레를 하는 정도에서 끝내고 단가와 우호를 쌓는 것이 낫습니다. 언젠가 단가장은 반드시 오대세가와 충돌할 것입니다. 그 충돌하는 세가가 우리가 아니면 되는 겁니다."

"그렇다면 차라리 지금 침묵하는 것이 낫지 않겠느냐?"

"도둑이 제발 저리는 법이지요."

"음?"

"의형문주가 곱게 죽었을 리가 없지 않습니까? 팽가가 어쩌니 하고 주둥아리를 놀렸을 겁니다. 사실 받아먹은 것도 많지 않습니까?"

"그렇군."

"그럼 단가는 분명 우리를 잠재적인 적으로 생각하고 있을 겁니다. 나중에 오대세가와 시비가 붙더라도 우리부터 노릴 확률이 높지요."

"쥐새끼들이 그럴 담량이 있겠느냐?"

"어차피 죽는 마당에 물고나 죽자고 달려들면 귀찮아지지요. 이럴 때는 적당히 체면치레를 하는 정도의 배상을 요구하고 친목이나 다지는 것이 가장 좋아 보입니다."

팽무는 고개를 끄덕였다. 머리를 쓰는 것에 있어서는 전적으로 팽극의 말을 신뢰하는 그였다. 지금까지 팽극 덕분에 얻었던 이득이 얼마나 많았던가?

"그럼 그렇게 하도록 하거라. 내 전적으로 네게 일임하마."

"알겠습니다."

팽극과 팽무는 마주 보며 미소를 지었다.

겉으로 보기에는 시기와 세력 간의 관계를 적절히 예상하여 짠 완벽한 계획으로 보였다.

그러나 이 계획에는 치명적인 허점이 있었다.

단가장에 있는 변수를 계산하지 못했다는 것이다.

그리고 그 변수는 변수를 넘어 재앙 수준이었다.

"팽가에서 서찰이 왔다고?"

단천호는 처마에 누워 햇살을 받으며 졸음에 반쯤 감겨 있던 눈으로 쳐다보며 입을 열었다.

"예! 도련님! 가주님께서 회의가 열린다고 가주전으로 드시랍니다."

장삼은 단천호의 잠을 깨우기 위해 일부러 소리 높여 외쳤다. 단천호의 심기를 거스르지 않으면서 단무성의 명을 이행하기 위해 그가 선택한 방법이었다.

"왜?"

"예?"

하지만 오늘도 단천호가 장삼의 뜻대로 움직여 주는 일은 일어나지 않았다.

"왜 오라는 거냐고."

"……팽가에서 서찰이 와서……."

"그러니까 그게 왜!?"

"……."

장삼은 울고 싶었다.

가주가 데려오라니까 시키는 대로 하는 것이지 장삼에

게 이유가 어디 있는가?

생각 같아서는 패 버리고 싶을 정도로 얄미웠지만 기분 나쁜 표정이라도 지었다가는 지옥을 보게 될지도 몰랐다.

"헤헤, 도련님!"

"아! 진짜 아버지도 별일 같지도 않은 일로 오라 가라 하신다니까. 세 살 먹은 어린애도 아니고, 그런 사소한 일 정도는, 알아서 척척척 스스로 어린…… 아니, 해결하면 안 되나?"

"……미안하구나."

단천호의 고개가 슬며시 돌아갔다.

처마 위 단천호의 전용석에 어느새 또 하나의 그림자가 나타나 있었다.

"……아니, 그게 아버지……. 그게 아니구요."

"아비가 세 살 먹은 어린애마냥 굴어서 미안하다."

"아니, 그게……."

"너 나한테 맞은 지가 얼마나 됐느냐?"

"……한 십 년요?"

실제로는 몇십 년이겠지만 단천호는 그렇게 대답할 수 밖에 없었다.

"그럼 오늘 새 역사를 써 볼 생각이 있느냐?"

"저는 도전을 싫어해서요."

"좋아하게 만들어 주리?"

"……아닙니다."

단천호는 단무성에게 귀를 잡힌 채 눈물을 흘리며 가주전으로 질질 끌려갔다.

그 모습을 지켜본 장삼은 그래도 아직 단가장에 정의가 살아 있다는 희망을 가지게 되었다고 한다.

가주전에는 단가장의 고위직들이 죄다 모여 있었다.

단무성, 단천호, 단천룡.

끝이었다.

"……단출하네요."

단무성은 이를 갈았다. 원래 단가장의 세가회의는 이렇지 않았다. 원로 자리를 맡고 있던 가신들과 각 대의 수장들이 모인 신성한 자리였다.

그러나 이럴 때 조언을 해 주고 지혜를 짜내야 할 노가신들은 단천호의 손에 모조리 뇌옥에 처박혔고, 각 대의 대주들은 죽어도 단천호와 함께 회의하기 싫다고 눈물을 흘리며 저항했다.

억지로라도 회의에 참가시키려던 단무성은 황귀와 유초가 살기까지 뿜으며 저항하자 결국 포기할 수밖에 없었다.

황귀와 유초의 입장에서는 당연한 것이, 회의랍시고 갔다가 어설프게 말 한마디 잘못 꺼냈다가 무슨 꼴을 당할지 너무 뻔히 보이는 것이다.

"단가장이 어쩌다……."

단무성의 근심은 마를 날이 없었다.

"가문이든 나라든 중앙집권이 진리인 법이죠."

"……."

말이나 못하면 밉지나 않을 것을.

단무성은 설레설레 고개를 저었다.

"팽가에서 서찰이 왔다."

"들었어요."

"……넌 좀 입 다물면 안 되겠니?"

"무리한 부탁이지만 아버지가 하신 거니 고려해 보도록
하죠."

"……고맙구나."

단무성은 빠르게 회의를 진행시켰다. 시간을 끌면 끌수
록 수명만 주는 것이다.

"읽어 보거라."

단무성은 가타부타 말없이 서찰을 내밀었다.

단가장주 친전(親展).

**단가장주님의 인품에 대하여 익히 들어오고 흠모하던
바, 이렇게 서신으로 먼저 인사를 드리게 됨을 사죄드립
니다.**

결례인 줄 알면서도 이렇게 서찰부터 보내게 된 것은 최근 단가장과 의형문 사이에 있었던 일이 너무나 좋지 않은 모습으로 해결되었다는 말을 들었기 때문입니다.

의형문은 본 가와도 밀접한 관계가 있었던 곳으로 이번 일에 대하여 본 가는 심히 안타까운 마음뿐입니다.

…중략…….

단천호는 서신을 한참 들여다보다가 인상을 잔뜩 찌푸리며 입을 열었다.

"그러니까…… 뭔 소리입니까?"

"적혀 있지 않느냐?"

"워낙 빙빙 돌려 놔서 알아먹을 수가 있어야죠."

"……너 그러고 보니 사서오경(四書五經)은 떼었느냐?"

"중간 중간 모르는 글자도 있다는 말을 꼭 제 입으로 해야 합니까?"

'그럼 천자문도 덜 떼었다는 말이잖은가!'

단무성은 눈을 감았다.

대단가장의 후예가 천자문도 덜 떼었다는 사실이 밖으로 알려지면 단무성은 당장 혀를 깨물고 죽어 버릴 만큼 창피해질 것이다.

"배워 볼 생각은……."

"그동안 정들었던 집인데, 오늘이 마지막이라니…….
눈물이 날 것 같군요."

"……."

단무성은 필사적으로 자위했다.

'그래! 사내가 천자문 좀 모르면 어떠냐! 무가의 자식이
학문을 잘해서 뭣하겠는가! 소가주는 아니지 않은가, 소가
주는!'

단무성은 자신의 유일한 희망인 단천룡에게 고개를 돌
렸다.

"너는 알아보겠느냐?"

"말은 많지만 결국은 돈 내라는 말이군요."

단무성은 한숨을 내쉬었다. 말은 맞는 말이지만 과거의
단천룡이라면 절대 저렇게 대답하지 않았을 것이다.

어느새 단천룡도 단천호에게 물들어 가고 있는 것이다.

"돈? 이것들이 미쳐 가지고! 내가 먹고 죽을 것도 없는
데!"

물론 단천호는 즉시 흥분하기 시작했다.

"……제발 좀……."

단무성은 머리가 지끈지끈 쑤셔 왔다.

과거에 수십 명과 회의를 하며 온갖 의견과 고함이 난
무할 때도 이렇게 괴롭지는 않았다.

단천룡은 단천호를 보며 입을 열었다.

"액수가 문제지."

"얼마인데?"

"만 냥."

"만 냥?"

"그래."

단천호는 입을 다물었다.

액수에 놀란 것이다.

액수가 너무 많아서 놀란 것이 아니라. 너무 적어서 놀란 것이다.

"배상액이 만 냥?"

단천호의 인상이 조금 찌푸려졌다.

단천룡은 단무성을 향해 조심스레 입을 열었다.

"어떻게 하실 생각이십니까?"

"네 생각은 어떠하냐?"

"제 생각은 안 물어보십니까?"

단천룡과 단무성은 짠 듯이 단천호의 말을 무시했다.

"제 생각으로는 주는 것이 나을 것 같습니다."

"왜?"

"지금 팽가는 우리에게 손을 내밀고 있습니다. 만 냥이라면 이번에 우리가 의형문에서 빼앗아 온 돈에도 미치지 못합니다. 아니, 그 십분지 일에도 미치지 못하는 돈이지요. 배상하랍시고 만 냥을 달라는 것은 적당히 겉치레만

하면서 상부상조하자는 말 같습니다."

"내 생각도 그러하다."

단무성은 대견한 듯 단천룡을 보며 고개를 끄덕였다.

한동안 단천호의 빛에 가려 있었지만 단천룡 역시 단가장의 큰 기둥 중 하나인 것은 틀림없었다.

"그럼 왜 팽가가 손을 내밀었다고 생각하느냐?"

"우리의 위치 때문입니다."

"위치?"

단천룡은 호흡을 가다듬고 입을 열었다.

"만약 구파 중 하나와 시비가 붙었다면 오대세가는 모두 연계할 것입니다. 하지만 단가장은 중소 문파로 알려져 있고, 세가의 형태를 취하고 있습니다. 팽가와 시비가 붙는다면 다른 세가들은 도와주지 않을 거란 말입니다."

"우리를 두려워한다는 말이냐?"

"아닙니다. 조금의 피해도 입지 않겠다는 말이겠지요. 또 그 이면에는 단가장과 동맹을 맺거나 최소한 우호를 쌓아 두어 칼날을 다른 세가로 돌리려는 움직임도 있어 보입니다."

"과연."

단무성은 고개를 끄덕였다.

꽤 좋은 식견이지 않은가?

"그럼 우리가 어떻게 하는 것이 좋겠느냐?"

"팽가의 손을 잡아 준다고 해서 우리가 손해 볼 것은 없습니다."

"흠."

단무성은 침음하다가 단천호를 바라보았다.

"네 생각은 어떠냐?"

"돈 주는 것 말인가요?"

"그래."

"미쳤다고 돈을 줍니까?"

"응?"

단천호는 냉소했다.

시국을 본다던가, 관계를 생각한다던가. 그런 식의 말에 많은 사람이 속아 넘어간다.

어떤 일이 있을 때 가장 먼저 생각해야 할 것.

그것은 득과 실이었다.

"잃을 게 없다고?"

단천호의 시선이 단천룡을 향했다.

"머리는 장식용으로 박아 두는 거냐? 아니면 생각이 없는 거냐?"

"……무슨 소리냐."

"일단 돈이 나가잖아! 그게 잃는 게 아니면 뭐냐!"

단천룡은 한숨을 쉬었다.

"그 돈보다 얻는 게 많지 않느냐."

"뭘 얻는데?"

"……일단 팽가의 세력을 등에 업을 수 있고……."

"개소리한다."

단천호는 코웃음을 쳤다.

"너도 소가주라면 똑똑히 듣고 잘 생각해 봐라. 니가 말했던 것 중 어느 하나도 우리가 팽가와 손을 잡아야 할 이유는 되지 못해. 첫 번째, 팽가가 피해를 입기 싫어서 우리와 손을 잡는다? 그 말은 다시 말하면 오대세가도 서로 견제한다는 말이지. 우리가 팽가와 우호적인 입장을 취하는 순간, 우리는 팽가를 얻고 남은 사대세가를 적으로 돌려야 한다."

"……음."

단천룡은 침음성을 내뱉었다.

"두 번째, 우리의 칼날을 다른 곳으로 돌린다. 그 말은 다시 말하면 우리와 다른 세가의 싸움을 부추겨서 이득을 보겠다는 말이다."

단무성은 자신도 모르게 고개를 끄덕였다. 자신조차 생각하지 못했던 부분이다.

"그리고 결정적으로."

단천호의 눈이 차갑게 빛났다.

"우리가 만 냥을 내고 그런 것을 잃는 동안 팽가는 뭘 포기했는데?"

"……."

"아무것도 없다. 그냥 서찰 한 장 보낸 것으로 이득은 이득대로 다 얻고 나중에는 슬쩍 빠지면 그만이지. 팽가라는 이름에 속지 마. 상황이라는 이름에 속지 마라. 그럴듯한 상황론보다는 실리를 똑바로 보란 말이다. 이 멍청한 놈아!"

"……하지만 주지 않으면 팽가를 적으로 돌리게 된다. 우리가 받아들이지 않으면 그들은 즉시 손을 쓸 거다."

"돈을 주면 사대세가를 적으로 돌리겠지. 눈앞에 있는 늑대가 무서워서 나중에 올 호랑이를 적으로 돌릴 셈이냐? 멍청한 것도 정도가 있다."

단천호는 자리에서 일어났다.

"무엇보다!"

조금 전까지 장난기 어렸던 그의 모습은 어디에도 보이지 않았다.

"팽가 따위가 어디 감히 우리에게 이래라저래라 한다는 말이냐! 팽가가 손을 쓴다고? 그럼 팽가를 부셔 버리면 그만이지!"

"……팽가를 이기기도 힘든 일이지만, 팽가를 부순다면 그다음에는 우리의 힘이 약화된 틈을 타 다른 사대세가들이 승냥이처럼 달려들 것이다."

"그럼 사대세가를 다 박살 내 버리면 그만이야."

"그게 대체……."

단천룡은 입을 다물었다.

저 밑도 끝도 없는 자신감은 도대체 뭐란 말인가.

그런데 왜 자신은 반박할 수 없는가?

"올라 가는 것은 그런 거다. 위로 한 걸음 가면 더 많은 적이 기다리고 있지. 그걸 버려 낼 수 없다면!"

단천호의 눈빛이 날카롭게 단천룡을 파고들었다.

"위는 영원히 열리지 않는다. 명심해라, 소가주!"

짝짝짝!

긴장된 분위기가 단무성의 박수 소리에 깨졌다.

단무성은 감동한 얼굴로 입을 열었다.

"좋은 언변과 날카로운 식견이다."

"별것 아닙니다."

"천자문만 깨쳤어도 장원급제를 노려볼 수 있었을 것을……."

"……아니, 왜 또 천자문 이야기를……."

단무성은 서글픈 얼굴로 입을 열었다.

"아비 된 입장에서 안타깝기 그지없구나. 여하튼 결국 두 가지 중 하나구나. 팽가와 손을 잡고 나중에 올 사대세가의 위협을 대비하던가. 아니면 지금 당장 팽가와 적대하고 팽가만을 상대한 후 사대세가를 나중에 상대하던가."

"음?"

단천호는 뭔가 말이 교묘하게 바뀐 것을 느꼈지만, 일단은 넘어갔다.

단무성이 바로 말을 이었다.

"나는 팽가에 돈을 보내지 않겠다."

"호오?"

단천호는 고개를 갸웃거렸다.

이치상으로는 맞는 말이지만 단무성이 했다고는 생각하기 힘든 말이다.

과거의 그라면, 일단 팽가와 손을 잡은 뒤에 사대세가와 충돌할 일을 만들지 않으면서 슬금슬금 뒤로 빠지는 책략을 구사했을 것이다.

그런데 이렇게 과감히 충돌한다?

단무성이 단천호의 모습을 지켜보며 변한 것인가?

일단 단천호로서는 불만 없는 결과였다.

"나는 물러서지 않겠다. 한 번 물러서면 계속 물러서야 하는 것이 세상의 이치지. 지금이 아니면 우리는 나아갈 시기를 찾지 못할 것이다. 너희는 그리 알도록 해라."

"예."

"그럼 천호는 팽가와의 충돌을 대비하여 무사들을 단속하고, 천룡이는 사업장과 식솔이 피해를 입지 않도록 미리 대비하도록 해라."

"알겠습니다."

회의는 끝이 났다.

단천호는 자리에서 나오며 단천룡을 따로 불러냈다.

"무슨 일이야."

단천룡은 조금 불안한 듯 입을 열었다.

요즘 관계가 좀 나아졌다고는 해도 단천호는 여전히 어려운 존재였다.

"자, 이제 정할 때다, 소가주."

"정할 때?"

단천호는 싱긋이 미소를 지었다.

"넌 내게 말했지. 단가장의 소가주가 되고, 가주가 되는 것이 네 목표라고."

"그랬지."

"그럼 그 목표는 이루었잖아?"

"아직은……."

단천호는 고개를 저었다.

"쓸데없는 말은 빼자. 이미 너는 소가주고 내가 가주 자리를 노리지 않는 이상 너는 가주가 된다. 그렇다면 이제 네게 남은 것은 한 가지지."

"한 가지?"

"어떤 가주가 될 것인가. 어때? 너도 아버지가 했던 것처럼 안주할 거냐? 아니면 나를 등에 업고 한번 날아 볼 테냐?"

"······."

"이제는 너도 확실하게 정하도록 해. 천하를 노릴 수 있는 시기는 결코 길지 않은 법이니까."

단천호는 그 말을 남기고 단천룡을 남겨 둔 채 처소를 향했다.

그 자리에서 멍하니 생각에 잠겨 있는 단천룡에게 다가가는 그림자가 있었다.

"생각해 보았느냐?"

"······전 아직 잘 모르겠습니다."

"쉽게 정할 일은 아닐 것이다. 하지만 결정은 네가 하는 것이다. 소가주는 너니까."

"예, 아버지."

단무성은 사악한 미소를 지었다.

"자, 그럼 서찰을 보내자구나."

"제가 작성합니까?"

"그래. 만 냥을 동봉하는 것도 잊지 말고."

"물론입니다."

단천룡과 단무성은 서로를 바라보며 웃었다.

일은 이러했다.

단천룡과 단무성은 이미 충돌을 최대한 자제하기로 합의했다. 단천호는 절대 반대하겠지만 최근 한 달간 단가장이 커 가는 모습을 지켜본 자라면 누구나 단무성과 같은 생각을 할 것이다.

지금은 힘을 키울 때다.

일 년.

아니 반년만 더 시간을 끌어도 단가장은 몇 배나 강해질 것이다.

그 대가로 만 냥이나 사대세가의 견제는 싸디 쌌다.

그렇지만 이러한 말을 단천호 앞에서 그대로 했다가는 보나마나 세가가 뒤집어질 것이다.

단무성은 최대한 소란 없이 충돌 없이 해결한다는 자신의 신조를 집안을 다스리는 데까지 사용한 것이다.

"나중에 밝혀지지 않을까요?"

"돈 안 준다고 했더니 팽가에서 별말 없었다고 둘러대면 된다. 귀찮아서라도 따로 알아보지 않을 놈이다."

"자식인데 신랄한 평가군요."

"……내 자식이지만 참……."

단천룡과 단천호는 사악하게 웃었다.

몇 달 동안 단천호에게 당했던 것을 한 번에 되갚는 기분이었다.

그날 저녁.

단무성의 밀명을 받은 정천대원 하나가 조심스레 서찰을 품에 넣었다.

하북팽가에 서찰 하나 전하는 일인데 왜 자객처럼 밤을 통해 담을 넘어서 나가라는 것인지 이해할 수 없었지만 가주의 명이니 그러려니 했다.

그는 그렇게 담을 넘어 단가장을 나섰다.

아니, 나서려 했다.

"정지."

나직한 목소리가 그를 멈춰 세웠다.

그때 머릿속으로 가주가 한 말이 떠올랐다.

'누구에게도 들켜선 안 된다! 절대로!'

정천대원은 눈을 딱 감고 그대로 도주하려고 했다.

그러나 들려온 목소리가 그의 발을 그대로 붙잡았다.

"내가 누군지 몰라?"

"……."

짧게 목소리가 들려왔을 때는 몰랐다. 하지만 두 번째 들었을 때는 확실하게 알 수 있었다.

이공자 단천호.

직접적인 연관이 없는 정천대인 그조차 단천호의 위명은 귀에 못이 박히도록 들어온 것이다.

게다가 저번 출정 때는 직접 그 신위를 보기까지 했지 않은가?

문제는 그 신위보다 더 무서운 것이 있다는 것이다.

"이리 와."

단가장의 하인과 무사들 사이에 쫙악 깔려 있는 단천호의 악명. 그의 심기를 건드리느니 차라리 황궁에 가서 황제의 엉덩이를 걷어차는 것이 낫다는 말까지 나오고 있는 실정이었다.

한 번씩 유호대나 단가무쌍대가 단천호에게 맞고 있는 꼴을 보자면…… 그 말은 조금 부족할지도 몰랐다.

"안 와?"

"가, 갑니다!"

그는 빛살처럼 날아서 단천호의 앞에 부동자세로 섰다.

"내놔!"

"……예?"

"두 번 말할까?"

"드, 드리겠습니다."

정천대원은 품 안의 서찰을 꺼내 단천호에게 바쳤다.

"……예비용 말고 진짜 내놔."

"……."

정천대원의 바지춤에서 또 하나의 서찰이 나왔다.

단천호는 서찰을 받아 읽어 보더니 사악한 미소를 지었다.

"크크크크. 속여 먹을 사람이 따로 있지."

단천호는 품 안에서 서찰을 하나 꺼냈다. 그리고는 그것을 정천대원에게 내밀었다.

"……이건……."

"넌 나를 만난 적이 없는 거야. 그냥 이걸 전하면 돼."

"……하지만……."

"지금 가서 가주께 들켰다고 말하는 것과 들키지 않고 서찰을 무사히 전했는데 팽가의 반응이 이상하다고 말하는 것 중 어느 게 네게 나을지를 내가 설명해 줘야 하는 건가?"

"……."

"아니면 들켰을 시에 아버지한테 문책받는 것이 나을지, 지금 나랑 개인적으로 면담을 하는 게 나을지를 설명해 줘야 하는 건가?"

정천대원의 머리가 맑아졌다.

일 더하기 일의 답을 구하는 것보다 더 쉬운 결정이었다.

"반드시 팽가에 이 서찰을 전하겠습니다."

"세가를 위한 자네의 노력, 잊지 않겠네."

정천대원은 깊게 읍을 하고는 몸을 돌렸다.

"잠깐!"

그런 그를 다시 단천호가 막아 세웠다.

"……예."

"서찰에 이상한 게 적혀 있는데?"

"……."

"만……냥?"

"……."

"너 지금 그거 먹으려고 한 거냐?"

정천대원은 즉시 사태를 파악했다.

"헤헤. 그럴 리가 있겠습니까요! 바로 드리려고 했습니다."

"그렇겠지."

단천호는 부드럽게 웃으며 새하얀 봉투를 받아들었다.

"그럼 저는 이만!"

"그래."

서찰은 그렇게 팽가로 향했다.

정천대원이 떠난 자리에 단천호는 홀로 남아 미소를 지었다.

"시기를 놓치면 안 된다니까 그러네."

단무성이나 단천룡의 반응이 이상하다는 것을 안 순간, 단천호는 모든 것을 짐작해 냈다.

이번에는 꽤 머리를 썼다만, 이걸로는 단천호를 이길 수 없었다.

언제나 뛰는 놈 위에는 나는 놈이 있기 마련이다.

단천호는 혀를 찼다.

단무성과 단천룡이 왜 충돌을 피하려는지 모르는 바가 아니다. 그리고 그들의 생각이 틀렸다고 할 생각도 없었다.

하지만 마음대로 내버려 둘 생각은 없었다.

기세란 것은 오래가지 않는다. 단가장이 지금 아무리 발전하고 있다고 해도 위기와 변화가 없이는 금세 지체되고 무뎌지고 말 것이다.

"끊임없이 두드려야 돼."

그것이 단천호의 방식이었다.

"어디 팽가에서 얼마나 거품을 물고 달려올지 볼까? 아버지의 얼굴이 얼마나 사색이 되어 버릴지도 말이야. 크하하하핫!"

음모는 언제나 밤에 피어나는 법이다.

여하튼 덕분에 꽤 재미있는 일을 겪었다.

공돈도 얻었고.

"크헤헤헤. 만 냥이다! 오늘은 죽도록 마시고 놀아야지!"

그리고 모든 것이 어둠 속에 잠긴 채 아침이 밝았다.

단가장의 다섯 식솔은 모두 모여 아침 식사를 나눴다.

그들은 모두 기분이 좋아 보였다.

"천호야, 잘 잤느냐?"

"그럼요 아버지."

"그럼 많이 먹거라. 팽가와 싸우려면 많이 먹고 힘을 내야지!"

"당연한 말씀입니다! 아버지도 많이 드십시오. 눈코 뜰 새 없이 바쁠 테니까요!"

"하하하! 그렇겠지? 크하하하!"

"그럼요! 크하하하하하핫!"

화기애애한 아침이었다.

24장 — 풍운이 다가오다

팽무와 팽극은 서찰을 가운데 두고 말을 잃었다.

단가장에서 온 서찰에는 단 두 문장만이 적혀 있었다.

불가(不可).

침즉멸문(侵卽滅門).

이 두 문장이 하북팽가의 가주와 이인자를 입 다물게
만들었다.

한참 동안 침묵이 이어지고 나서야 팽무가 입을 열었다.

"이, 쥐새끼 같은 놈들이……."

팽무는 노화로 말을 잇기조차 힘들었다.

기분 같아서는 지금 당장이라도 단가장에 뛰어가 단씨 성을 가진 놈들 모두를 도륙해 버리고 싶은 기분이었다.

"……이해할 수 없는 반응입니다."

황당한 것은 팽극 역시 마찬가지였다.

거절이 문제가 아니었다. 나름 한두 번의 서찰 교환 정 도는 생각하고 있었다.

하지만 두 번째 문장이 팽극의 어이를 앗아 가고 있었다.

침즉멸문.

즉, 단가장을 건드릴 시에는 하북팽가를 멸문시켜 버리 겠다는 말이 아닌가?

의천맹이라고 해도 이런 광오한 말을 내뱉지는 못한다.

팽극은 단 장주가 광증이 든 것이 아닌가 의심할 수밖 에 없었다.

"적호대를 준비시켜라."

"형님! 잠시만 기다려 주십시오!"

"뭘 기다리란 말이냐? 지금 이 서찰을 보고도 내게 참 으라는 말을 하는 거냐?"

"반응이 상식을 벗어났습니다. 생각해 보십시오. 누가 이런 말을 하북팽가에 할 수 있겠습니까? 이건 뭔가 잘못 된 겁니다."

"잘못됐다면 바로잡아야지. 내가 친히 하북팽가가 어떤 곳인지 단가 놈들의 뇌리에 틀어박아 놓고 오겠다. 물론 살아 있을 때의 말이지만."

"형님!"

"시끄럽다!"

팽극은 눈을 감았다.

이건 뭔가 잘못됐다. 팽극은 확신할 수 있었다.

하지만 저렇게 화가 난 팽무는 누구도 막을 수 없었다. 단 한 사람 막을 수 있는 사람이 있었지만 그는 지금 세가에 없었다.

"좋습니다, 형님. 단가장을 칩시다! 대신 형님이 직접 가셔서는 안 됩니다!"

"왜 안 된다는 말이냐!"

"위신 문제입니다. 단가 따위를 치기 위해서 대하북팽가의 가주가 직접 나서다니요. 닭 잡는 데 어쩌고 하는 식상한 말을 가져다 댈 것도 없습니다. 이건 하북팽가의 위신을 깎아 먹는 일입니다."

"흐음……."

팽극의 설득이 먹혀들었다.

팽무는 다른 이를 얕잡아 보는 경향이 있는 만큼 가문과 자신에 대해 자부심이 강했다.

이런 식으로 팽무를 자극하는 것이 그를 막을 수 있는 방법인 것이다.

"그럼 누구를 보내면 되겠느냐?"

"이제 소가주도 경험이 필요하지 않겠습니까?"

"성이 말이냐?"

"예. 성아가 간다면 충분할 것입니다."

"좋다. 성아를 보내겠다. 대신 호법 둘도 딸려 보낸다. 내 반드시 이 말도 안 되는 서찰에 대한 대가를 받아 내야 겠다."

"뜻대로 하십시오."

팽극의 눈이 빛났다. 팽무가 직접 나서지만 않는다면 뒤에서 일을 조정할 수 있었다.

이건 분명 누군가 수작을 부린 것이다.

팽성에게 단 장주와 이야기를 해 보라고 은밀히 말을 전하는 편이 좋았다.

'대체 일이 어떻게 돌아가고 있는 것이지?'

팽극의 머리가 복잡해졌다.

그 시간 팽극의 머리를 휘저어 놓은 원인 제공자는 나른한 햇살에 몸을 맡긴 채 느긋하게 일광욕을 즐기고 있었다.

그리고 그 옆에 한 남자가 부복해 있었다.

"다녀 왔냐."

"예!"

"서찰은?"

"그대로 전했습니다."

"바꿔치기를 했다거나?"

"제 목숨은 하나뿐입니다."

"좋아. 가 봐. 너 마음에 드는데 무쌍대에 들어올 생각 있나?"

정천대원의 얼굴이 새하얘졌다.

마음에 들면 상을 줘야지, 왜 벌을 내린다는 말인가?

"사…… 살려……."

"에잉! 강단 없는 놈. 가라 가."

"감사합니다!"

남자가 떠나자 단천호는 휘파람을 불었다.

서찰을 본 팽가주의 반응이 눈에 보이듯 잡혔다.

직접 본 적은 없지만 듣기로는 성격이 무척 불같은 인간이라고 했다.

그런 놈에게는 구구절절이 말을 늘어놓는 것보다는 짧게 끊어 치고 알아서 상상하도록 해 주면 되는 것이다.

생각이 있는 놈이 하나도 없다면 당장에 모두 뛰어올 것이고, 생각이 있는 놈이 하나라도 있다면 정찰대가 올 것이다.

어느 쪽이든 단천호의 손아귀 안에서 놀아나는 것밖에

되지 않았다.

"자자, 보자고 어떻게 할 거냐? 팽가."

단천호는 휘파람을 불었다.

생각대로 잘 풀려 가는 하루다.

이틀 뒤, 단가장은 난리가 났다.

하북팽가에서 일단의 부대가 출발했다는 소리가 들려온 것이다.

"이게 대체 어찌 된 일이냐!"

단무성은 고함쳤다.

하지만 진실을 아는 사람은 현재로서는 단천호와 서찰을 전한 자밖에는 없으니 백방으로 수소문한다고 해서 사태가 파악될 리가 없었다.

"확실한 소식입니까?"

단천룡이 굳은 얼굴로 물었다.

"……개방에서 전서구를 날려 왔다. 혹시 몰라 미리 부탁을 해 두었지."

"개방이라면 확실하겠군요."

"그래."

확인된 바는 몇 가지 없었다.

하북팽가의 오호대(五虎隊) 중 하나인 적호대가 출발했다는 사실. 그들을 이끄는 것이 하북팽가의 소가주인 팽성이라는 사실이었다.

"팽성?"

단천호가 놀란 듯이 입을 열었다.

"아는 자냐?"

"팽가의 소가주를 아느냐?"

"알긴요. 그냥 놀라워서요."

"뭐가?"

"용기라고 해야 할까? 만용이라고 해야 할까? 그 간장 비대증에 박수를 보내고 싶은 심정이네요."

쉽게 말하자면 간이 부었다는 말이었다.

단무성은 인상을 찌푸렸다.

하지만 단천호가 저러는 게 하루 이틀 일도 아니고, 이 제는 그러려니 하고 넘어가는 단무성이었다.

"이해할 수 없군. 무단을 출동시켰다는 것은 무력 도발을 하겠다는 말일 텐데."

"뭐가 이해할 수 없다는 겁니까? 애초에 의견을 받아들이지 않기로 했으면 당연한 수순 아닌가요?"

"크흠."

단천호의 말에 단무성은 입을 다물었다.

그런 단무성을 보며 단천호는 남몰래 미소를 지었다.

"일단은 대화를 시도해 보는 것이……."

단천호는 순순히 고개를 끄덕였다.

"그 정도야 가능한 일이죠."

단천룡과 단무성이 반색했다.

대화를 할 수 있다면 아직 상황이 최악으로 흘렀다고 말할 수는 없는 것이다.

"제가 잘 이야기해 보죠."

단천호의 말에 단무성과 단천룡의 희망이 바닥으로 곤두박질쳤다. 가족인 그들도 가끔 속이 뒤집어지게 만드는 단천호다. 그에게 협상을 시켜서 사태가 진정되기를 바라느니 거지가 개를 키우기를 바라는 게 나았다.

"자, 그럼 가 보겠습니다."

단천호가 자리에서 일어났다.

단무성과 단천룡이 사색이 되어 단천호를 만류했다.

"어디 가느냐! 아직 말이 끝나지 않았다!"

"처, 천호야 일단 진정하고!"

하지만 단천호는 매정하게 그들의 말을 잘랐다.

"쓸데없는 논의를 해야 할 이유를 모르겠군요."

"쓸데없는 논의라니!"

단무성이 역정을 내자 단천호는 빤히 단무성의 얼굴을 바라보았다.

"가주님."

단천호는 이례적으로 아버지가 아니라 가주님이라는 말을 꺼냈다.

그에 따라 단무성의 얼굴이 떨떠름해졌다.

"왜 그러느냐?"

"지금은 어떻게 저들을 막아야 할 것인가를 논의해야 할 때가 아닙니까?"

"지금 논의하고 있지 않느냐!"

단천호는 크게 목소리를 높였다.

"어떻게 막을 것인가 말입니다! 어떻게 피할 것인가가 아니라!"

장내는 일순 조용해졌다.

평소의 단천호는 장난스럽기 그지없다. 하지만 단천호가 진지해지면 세가의 누구도 내지 못하는 기세와 박력이 있었다.

"언제까지 그렇게 타 문파의 눈치를 보고, 언제까지 그렇게 걱정하면서 살 겁니까!"

"천호야!"

"지금 저들은 감히 단가장을 향해서 이를 드러낸 것입니다. 이런 상황에서 참는 것이 능사라고 보십니까?"

"……."

단천호의 눈이 차갑게 빛났다.

"가주님은 제게 단가장에 자부심을 가지고 있다고 하셨습니다. 이런 상황에서 참고 물러서는 것이 가주께서 말씀하시는 자부심입니까?"

단무성은 입을 닫았다.

그는 분명 단가장을 자랑스러워했고, 세상 누구보다 단가장을 사랑했다.

하지만…….

그는 단가장의 한계를 누구보다 명확하게 아는 사람이었다.

단가장을 모든 것이라 생각하며 살다가 세상에 나가 보니 단가장은 미약하기 그지없는 곳이었다.

오대세가, 구파일방, 그리고 의천맹.

그 거대한 힘을 눈으로 보았기에 단무성은 단가장을 버려두고 의천맹에서 자신의 이름을 얻을 수밖에 없었다.

그렇게 해서 단가장의 위상이 올라갔다고 생각했다.

'하지만 그게 진짜 옳았던가?'

단무성은 대답할 수 없었다.

그는 단가장을 사랑했다.

하지만 그것을 자부심이라고 말할 수는 없었다.

일전에 단천호가 말했던 것이 단무성의 가슴을 찔렀다. 누구도 단가장에 자부심을 가지고 있지 않다. 그것은 가주인 자신도 마찬가지였다.

"지금까지 단가장이 어떤 식으로 살아왔는지. 저는 알고 싶지도 않고 알 필요도 없습니다!"

단천호는 단천룡과 단무성을 보고 똑똑히 말했다.

"하지만! 지금부터의 단가장은 그런 식으로 대처하지 않을 겁니다. 제가 그렇게 만들겠습니다. 누가 되었든 단가장의 이름을 쉽게 보는 자. 제가 단가장이 얼마나 위대한 곳인지 알려 주겠습니다!"

단천호는 단천룡의 눈을 똑바로 보았다.

"단천룡!"

"그, 그래."

"내가 말했었지. 정해야 할 때라고. 지금이 그때다! 넌 어떤 가주가 될 것이냐?"

단천룡은 고개를 숙였다.

잠시 침묵하던 그가 고개를 들었다. 그의 눈은 확신으로 빛나고 있었다.

"나는 단가장을 가장 높은 곳으로 이끌겠다!"

"따라와라! 데려가 준다. 그곳으로!"

단천호의 말에 단천룡이 크게 고개를 끄덕였다.

단천호의 눈은 단무성을 흔들림 없이 응시하고 있었다.

지금 세가의 미래를 선언했다. 그렇다면 이제부터는 세가의 현재를 결정 내릴 차례다.

단무성은 인정했다.

그는 지금까지 물러서기만 했다. 가문이 흔들릴 때도 뒤에서 바라보기만 했고, 정작 일을 해결한 것은 단천호와 유우란이었다.

연가의 사태 때도 이런저런 핑계를 대고 그 일을 단천호에게로 미뤘다.

하지만 이제는 그래서는 안 된다.

적어도!

지금 단가장의 장주이자 가주는 자신이고, 자신이 바뀌지 않는다면 아무것도 바뀌지 않을 테니까!

"소가주!"

"예!"

"단천호!"

"예!"

"가라! 감히 단가장의 이름을 더럽히는 자들에게 단가장의 이름을 똑똑히 새겨 줘라!"

"명을 받들겠습니다!"

단천호는 몸을 돌려 문을 열고 나섰다. 그 뒤를 단천룡이 굳은 얼굴로 따랐다.

단천호와 단천룡의 등을 단무성이 흔들림 없는 시선으로 바라보고 있었다.

오늘부터의 단가장은 어제까지의 단가장과 다를 것이다.

설사 이 결정이 단가장의 패망을 가져온다고 해도 단무성은 후회하지 않을 것이다.

무인으로서, 남아로서, 불타오를 시기를 놓치는 것보다

더 후회스러운 것은 없으니까!

　단천호는 한 발, 한 발 앞으로 걸어갔다. 결코 서두르지 않는 걸음으로.

　그러나 그 한 걸음은 태산과도 같았고, 몰아치는 파도와도 같았다.

　단천호가 정문에 이르렀을 때, 그를 기다리는 자들이 있었다.

　"유초 외 유호대 오십 인! 전원 집결했습니다!"

　"황귀 외 무쌍대 사십 인! 전원 집결했습니다!"

　단천호는 말없이 그들을 바라보았다.

　유호대와 무쌍대는 전원이 한쪽 무릎을 꿇고 단천호의 명을 기다리고 있었다.

　단천룡은 그 모습에 기가 눌리는 것을 느꼈다.

　무쌍대는 그렇다치고 유호대는 불과 몇 달 전까지만 하더라도 단가장의 천덕꾸러기였다.

　그런 그들이 언제 이렇게 성장하여 자신을 압도할 정도의 기백을 보인다는 말인가?

　무릇 병사의 능력을 결정하는 것은 장수인 법.

　단천호 하나가 단가장 전체를 바꾸어 놓고 있는 것이다.

　단천호는 천천히 입을 열었다.

"죽음이 두려운 자, 지금 물러서라."

아무도 움직이지 않았다.

"없나?"

무쌍대, 유호대 중 누구도 망설이지 않았다.

지옥불에 떨어진다 해도 후회하지 않고 가야 할 때가 있는 법이다.

지금이 바로 그때였다.

"지금 물러서지 않는다면 너희 앞에는 지옥이 기다리고 있다. 마지막으로 말한다. 이건 비겁한 것이 아니다."

단천호는 그 말을 하곤 반 각 동안 입을 열지 않았다.

그리고 그 반 각 동안 누구도 움직이지 않았다.

"유초!"

"예!"

"물러서지 않는 이유는?"

유초는 조금의 망설임도 없이 바로 대답했다.

"더는 무력해지지 않기 위해서입니다!"

"너희도 똑같은가?"

"충!"

단천호는 황귀를 바라보았다.

"황귀!"

"예!"

"네가 싸우는 이유는?"

"그곳에 주군이 계시기 때문입니다!"

황귀의 대답은 유초의 대답과 달랐다.

단가무쌍대는 단천호를 위해 싸우기로 결심했다. 그렇기에 그들은 스스로 단가장이라는 이름을 떼어 버렸다.

서로 싸우는 이유는 달랐지만 그 끝은 같았다.

"너희 역시 같은가?"

"충!"

단천호는 고개를 끄덕였다.

"그렇다면……."

단천호의 입에 모두의 시선이 모였다.

"내가 데려가 주마. 지옥 끝까지!"

"충!"

무쌍대와 유호대의 외침이 단가장 전체를 뒤흔들었다.

"출정한다!"

"우오오오오!"

단천호를 필두로 한 무쌍대와 유호대가 단가장의 정문을 나섰다.

단천룡은 역정을 냈다.

"빌어먹을! 정천대주! 뭐하는 것이오! 아직 소집이 덜 되었소?"

"죄송합니다. 이제 곧……."

"빌어먹을!"

단천룡은 바닥을 걷어차며 떠나는 무쌍대와 유호대를
바라보았다.

흔들림 없는 등.

저것이 무인의 등이다.

약하고 강하고는 중요하지 않다. 사지가 될지도 모르는
곳으로 가면서 한 점의 흔들림도 보이지 않는다.

단천룡이 동경해 오던 무인의 모습, 단천룡이 동경해
오던 단가장의 모습이 그곳에 있었다.

"지지 않겠다."

단천룡은 다짐했다.

지금은 멀지라도 언젠가는 단천호를 따라잡을 것이다.

단천룡은 다짐하고 또 다짐했다.

"미치겠네……."

팽성은 정말 단가장에 가고 싶지 않았다.

아니, 정확하게 말하자면 그 인간이 있는 단가장에는
가고 싶지 않았다.

그 굴욕의 날 이후로 팽성은 단천호의 단 자만 들어도
경기를 일으켰다.

굴욕이란 굴욕은 다 당했지만 어디 가서 하소연조차 하
지 못했다.

단천호 앞에서는 큰소리를 쳤지만 막상 세가에 돌아가

서는 자신이 맞았다는 사실조차 숨겨야 했다.

이름도 없는 어린놈에게 얻어맞았다는 사실이 밝혀진다면 팽성의 입지는 그 즉시 곤두박질칠 것이다.

자신의 자리를 호시탐탐 노리고 있는 동생과 사촌 들에게 뜯어먹힐 빌미를 제공할 수는 없지 않은가!

제갈남운이나 당비 역시 사정은 비슷할 것이다.

"어떻게 해야 하나."

그런 상황이다 보니 더더욱 단천호와 만나고 싶지 않았다.

단천호와 만나게 되어 그날의 일이 새어 나간다면 팽성으로서는 돌이킬 수 없는 상황이 되어 버린다.

처음 명을 받았을 때부터 수도 없는 변명을 생각해 보았지만 결국은 단가장으로 출발하고 말았다. 팔이라도 부러뜨릴까 했지만 그것 역시 빌미가 될 수 있으니 어쩔 수 없는 것이다.

가주가 명한 첫 출진이니만큼 빠져나갔다가는 누군가 그 자리를 대신하게 될 것이다.

그리고 그동안 팽성이 이루어 왔던 것 모두를 그가 독식하게 될 것이다.

예를 들면 버르장머리 없는 동생 팽초(彭礎)라던가.

팽성은 머리를 벅벅 긁었다.

"어떻게든 도착하기 전까지 수를 내야 해!"

가장 좋은 방법은 단천호와 마주치지 않는 것이다.

차선책은 단천호와 마주치더라도 단천호가 입을 열지 못하게 하는 것이다.

팽성은 머리를 굴렸다.

'차라리 그냥 확 밀어 버릴까?'

숙부의 당부가 없었더라면 단천호의 입이 열리기 전에 단가장을 정리해 버렸겠지만 이미 신신당부를 받은 터라 그럴 수도 없었다.

"사면초가로군."

팽성은 한숨을 내쉬었다.

"무슨 고민이 그렇게 많소, 소가주."

팽성은 고개를 돌려 말을 건 자를 바라보았다.

하북팽가의 호법이자 팽무의 숙부가 되는 팽도지(彭道知)가 그를 바라보고 있었다.

"아무 일도 아닙니다. 숙조부님."

"아무래도 첫 출정이니만큼 부담이 많은 모양이구려. 걱정하지 마시오. 다 잘될 터이니. 단 장주가 생각이 있다면 절대 도발하려 들지 않을 것이오."

"······예."

하지만 팽성의 생각은 달랐다.

'단 장주는 그렇겠지.'

하지만 단천호는?

그 무식하고 앞뒤 생각 없고 세상의 악이란 악은 다 모아 놓은 것 같은 인간은 어쩔 것인가?

게다가 단천호는 무공까지 무식하게 세지 않은가?

팽성은 한숨을 내쉬었다.

처음부터 너무 어려운 임무를 맡았다.

"음?"

팽도지의 눈썹이 역 팔자로 휘었다.

"멈춰라!"

팽도지의 손이 올라가자 적호대 전원이 그 자리에 멈추어 섰다.

"무슨 일입니까?"

의아한 팽성이 물었지만 팽도지는 대답하지 않고 전방을 주시했다.

"숙조부님?"

"누군가 다가오고 있소."

"예?"

"수가 꽤 많은 것 같은데……."

팽성은 그제야 긴장한 얼굴로 전방을 바라보았다.

아직 자신은 아무것도 느끼지 못했지만 팽도지가 그렇다면 틀림없을 것이다.

과연, 얼마 지나지 않아 전방에 인영들이 몰려오는 것이 보였다.

팽성은 안력을 돋웠다.

'누구지?'

백이 넘는 인원들이 그들을 향해 똑바로 다가오고 있었다.

그리고 그 가장 앞에 팽성에게도 낯이 익은 자가 보였다.

"다…… 단천호!"

팽성의 목소리는 거의 비명과도 같았다.

"단천호?"

팽도지는 팽성이 갑자기 소리를 지르자 팽성을 바라보았다.

"아는 자요? 소가주?"

팽성은 떨리는 목소리로 대답했다.

"저…… 저자가 단가장의 둘째입니다."

"음?"

팽도지는 굳은 얼굴로 전방을 바라보았다.

그 사이 단천호는 이미 그들의 십여 장 앞에 도착해 있었다.

단천호와 유호대, 무쌍대가 그들을 바라보며 자리에 섰다.

"팽가의 자라 새끼들인가?"

단천호의 목소리는 차갑기 그지없었다. 그리고 그 속에 실린 뜻은 더욱 차가웠다.

팽도지는 새파랗게 어린놈이 막말을 하는 것을 보고는 기가 막혀 입을 쩍 벌렸다.

"아니, 물을 필요도 없겠군. 어디서 많이 본 쥐새끼가 한 마리 있군."

팽성의 목이 움츠러들었다.

팽도지는 그런 팽성의 반응을 이상하게 생각하며 앞으로 나섰다.

"아이야. 단 장주는 어디 있느냐!"

"말 함부로 하지 마라, 늙은이. 너 따위가 감히 단가장의 장주를 뵐 수 있다고 생각하는 것이냐?"

"허어!"

팽도지는 기가 막혔다.

그가 누군가?

세상이 다 아는 하북팽가의 호법이다. 하북팽가의 호법이라면 일개 중소 문파의 주인보다는 높은 신분이라고 할 수 있었다.

그런데 단가장주도 아닌 장주의 아들이 저따위 말을 하고 있는 것이다.

"네가 소가주냐?"

"너는 소가주를 만날 자격도 없다."

팽도지는 입을 다물었다. 칠십 평생 이런 경우는 살다 살다 처음 당해 보는 그였다.

"더 이상 말을 함부로 했다가는 나도 참지 않겠다."

"해 봐."

팽도지의 얼굴이 멍해졌다.

"뭐라고 했느냐?"

"참지 말아 보라고. 귀가 막혔나, 늙은이?"

"이이익!"

팽도지가 막 발악하려는 순간 팽성이 그를 만류했다.

"숙조부님!"

"크흠!"

팽도지는 고개를 돌려 버렸다.

팽성은 그제야 한숨을 쉬며 입을 열었다.

"장주님을 뵙고 싶습니다. 가주의 말을 전하러 왔습니다."

단천호는 팽성은 가만히 바라보았다.

팽성은 단천호의 시선을 피하며 고개를 아래로 떨구었다. 차마 단천호의 눈을 똑바로 바라볼 용기가 없었다.

"감히 다시 내 앞에 나타난 용기는 칭찬해 주지."

단천호는 비릿하게 웃었다.

"하지만 만용이었어."

"……그게……."

"말해 봐라. 들을 만하다 싶으면 전해 주지."

"장주께 직접……."

"둘 중 하나. 지금 말하던가 영원히 말하지 못하던가!"

팽성은 입을 열 수밖에 없었다.

단천호와는 충돌하고 싶지 않다. 그게 팽성의 솔직한 심정이었다.

등 뒤에 팽가의 호법이 둘이나 있고 팽가 최강 오호대 중 하나인 적호대가 있다는 사실은 이미 팽성의 머릿속에 없었다.

오호대와 호법들도 단천호의 존재감을 지우기에는 역부족이었던 것이다.

"가주께서는 서찰의 내용이 이상하다고 하시며 혹시나 잘못 전달되거나 중간에 누군가 서찰을 바꾸지 않았는지 의심하셨습니다."

단천호는 피식 웃었다.

"별 걱정을 다 해 주는군. 단가장이 서찰 하나 제대로 전달 못 할 정도로 우스워 보였나? 지금 우리를 농락하는 거냐!"

팽성은 입을 다물었다.

저런 반응은 예상에 없었다. 아니, 단천호의 모든 행동이 예상에서 벗어났다.

애초에 호북에 도착하기도 전에 그들을 만나게 될 거라

고는 생각조차 하지 못했던 것이다.

그때, 단천호의 뒤에서 한 사내가 나섰다.

팽성은 전에 그를 본 적이 있었다.

단천룡!

단가장의 소장주인 그가 드디어 모습을 드러낸 것이다.

팽성은 반색하며 말했다.

"오! 단천룡 소장주! 이게 대체 어떻게 된 일이오?"

단천룡은 차가운 눈으로 팽성을 바라보았다.

"되려 우리가 묻고 싶은 말입니다. 팽가는 왜 단가장을 향해 무단을 출발시킨 것입니까?"

"아니, 그게……."

"이것을 하북팽가의 도발로 받아들여도 되겠습니까?"

"허……."

팽성은 말문이 막혔다.

도발?

물론 그렇게 볼 수 있다.

아니, 그게 사실이다.

하지만 지금까지 누가 하북팽가라는 이름 앞에서 저렇게 당당히 말을 했던가. 한 걸음 뒤로 물러나며 충돌을 피하려고 온갖 애를 쓰는 것이 정상적인 반응이 아니던가?

팽성이 입을 열지 못하자 팽도지가 다시 나섰다.

"내가 설명해 주겠소. 이 일은……."

그러나 팽도지의 말은 단천호에 의해서 틀어막혔다.

"나서지 마라, 늙은이. 주제도 모르고 소가주끼리의 대화에 끼는 것이 아니다!"

"이 버르장머리 없는 놈이!"

"윗사람이 말하는데 끼어드는 놈이 할 말인가? 팽가에서는 소가주보다 호법이 위에 있다고 가르치는 모양이지?"

팽도지는 노화로 얼굴이 붉어졌지만 반박하지는 못했다.

가법상 소가주란 지위는 호법의 위에 있다.

그러나 그것은 가법상의 일이지 실제로 소가주보다 두 배분 위의 사람들이 맡게 되는 호법의 자리가 소가주보다 아래에 있다고 말하는 것도 우스운 일 아닌가?

하지만 가법이 그러하니 단천호의 말은 틀린 것이 아니었다.

그것이 팽도지의 말문을 틀어막았다.

단천룡은 굳은 얼굴로 입을 열었다.

"단가장은 도발에 굴복하지 않소. 만약 팽가가 단가장을 힘으로 억누르려 했다면 팽가는 그 대가를 치러야 할 것이오!"

"……그게."

팽성은 답답해서 미칠 지경이었다.

왜 이런 결과가 나오는 것인가?

그동안 안계를 넓힌다는 명목으로 이런 자리에 수도 없이 나갔던 팽성이었다. 물론 그때는 팽성은 따라가는 입장이었다.

상황은 다 달랐지만 언제나 결과는 비슷했다. 팽가에서 무단을 이끌고 가면 상대는 극구 사죄하며 모든 것이 오해라고 싹싹 빈다.

그럼 팽가는 못 이기는 척 챙길 것만 챙기고 빠지면 되는 것이다.

언제나 그래 왔다.

그런데 왜 오늘 일이 틀어지는 것인가!

"해명하시오. 해명하지 못한다면 책임을 묻겠소!"

계속되는 단천룡의 도발적인 발언에 참지 못한 팽도지가 호통을 쳤다.

"어린놈이 방자하기 이를 데 없구나! 감히 누가 누구에게 책임을 묻겠다는 거냐? 단가 따위가 팽가에게 책임을 묻겠다고? 어디 한번 해 보거라! 내 오늘 단가장을 지상에서 지워 주마!"

그 말로 모든 것이 끝났다.

단천룡은 싸늘한 표정으로 그들을 바라보았다.

"팽가는 책임을 지게 될 것이오!"

단천룡의 눈이 단천호를 바라보았다.

단천호는 단천룡의 시선이 자신에게 향하자 고개를 끄

덕였다.

그 순간, 단천호의 몸이 그 자리에서 사라졌다.

"허억!"

꺼지듯 사라진 단천호의 몸이 팽도지 앞에 갑자기 나타나자, 팽도지는 놀라 헛바람을 내쉬었다.

콰득!

단천호의 손이 팽도지의 얼굴을 틀어쥐었다.

"단가 따위?"

단천호의 목소리는 마치 유부에서 들려오는 것처럼 음산하기 그지없었다.

"이놈! 숙조부님을 놓아라!"

팽성의 도가 뽑혀 단천호에게 날아들었다.

챙!

단천호의 손이 팽성의 도를 움켜잡았다.

팽성은 도를 뽑아내려 했지만 단천호의 손에 잡힌 도는 꿈쩍도 하지 않았다.

"서두르지 마라. 네가 갈 곳은 어차피 정해져 있으니까. 그러니 기다리라고. 너보다 먼저 처리해야 할 쥐새끼가 있으니까."

팽성은 단천호와 눈이 마주치자 몸을 떨었다.

무슨 생각으로 도를 뽑았을까?

무슨 생각으로 이자에게 도를 휘둘렀을까?

잊었던가?

그 악귀 같았던 그날의 단천호를 잊었던가?

팽성은 미친 듯이 후회했다.

하지만 이미 늦은 일이었다.

"끄으으으윽!"

얼굴이 강하게 조여들자 팽도지는 도를 뽑을 생각도 하지 못하고 자신의 얼굴을 잡은 단천호의 손을 붙잡았다.

하지만 아무리 힘을 주어도 단천호의 손은 미동도 하지 않았다.

"약해 빠졌어."

단천호의 입가에서 비웃음이 새어 나왔다.

오대세가.

하북팽가.

웃기지도 않는 우물 안의 개구리일 뿐이다.

지금의 강호는 썩어 들어가고 있다.

정체가 오래되어 스스로를 갈고닦는 자들이 줄어들고, 이름값에 안주하는 자들이 늘어나고 있다.

그러니 혈천의 침공이 벌어지자 그토록 무기력하게 무너진 것이다.

단천호는 수십 년 동안 쉬지 않고 정진한 자다. 그런 단천호가 이런 자들에게 패배할 리 없지 않은가?

"끄으…… 너……이놈……."

챙!

팽도지의 도가 뽑혔다.

콰득!

그와 동시에 팽도지의 머리가 그대로 터져 나갔다.

지켜 보던 적호대와 팽성은 허탈감에 빠져들었다.

뭔가 있어야 했다. 저토록 쉽게 팽도지가 죽어서는 안 되는 것이다. 비록 그런 상황에서라도 뭔가 보여 주어야 했다.

어린아이 손목 부러뜨리듯 쉽게 죽는 것이 팽가의 호법일 리가 없지 않은가!

그건 너무나도 비현실적인 일이었다.

단천호는 손에 묻은 피를 털어 냈다.

이건 무공 이전의 문제였다. 팽도지는 애초에 전장에 나올 자격이 없는 자다. 자신을 과신했고 방심했다.

그런 자들이 버젓이 살려 돌려보내기에는 단천호의 성격이 너그럽지 못했다.

"수⋯⋯ 숙조부님! 다, 단천호! 대체 무슨 짓을!"

퍼억!

팽성의 배에 단천호의 주먹이 틀어박혔다.

"꺼억!"

"이야기했었지? 단순히 죽는 정도로는 끝나지 않는다고. 네가 가야 할 길은 아직 멀어. 그러니까⋯⋯ 넌 지금 좀 자 두도록 해."

팽성은 의식을 잃었다.

단천호는 팽성을 집어 들고는 구석으로 내던졌다.

단천호의 시선이 적호대를 향했다.

남아 있는 자들은 팽가의 오호대 중 하나인 적호대, 그리고 팽성을 보필하여 이 자리에 나온 또 다른 호법 중 하나인 곽철(郭哲)이었다.

곽철은 팽씨 성을 잇지는 않았지만 그 강함을 인정받아 호법에 든 인물이었다.

곽철의 눈이 단천호에게 꼽혔다.

"괜찮은 놈이군."

단천호 역시 곽철을 바라보았다.

"내 눈에는 너 역시 쓰레기일 뿐이다."

곽철은 단천호의 말에도 흔들리지 않았다.

"젊다는 것은 좋은 것이지. 패기가 가득하거든."

"주둥아리만 살았군."

곽철은 크게 웃으며 입을 열었다.

"팽도지 같은 놈과 나를 똑같이 보다가는 후회하게 될 거다. 나는 낭인으로 시작해 오로지 실력만으로 이 자리에 올라온 사람이거든."

"그럼 덤비지 않고 뭘하고 있나?"

곽철은 입을 다물었다.

그렇다.

이미 상황은 돌이킬 수 없다.

그런데 왜 자신은 쓸데없는 말을 하고 있었을까?

평소라면 두말없이 검을 휘둘렀을 것이다.

수십 년을 낭인으로 생활하다가 팽가의 호법이란 자리를 얻기까지 자신이 추구해 온 것은 강함이었다.

이런 말이 아니었다.

그런데 왜 자신은 검을 뽑지 않고 입을 놀리고 있었던 것일까?

곽철은 검을 뽑았다.

단천호는 그런 곽철을 비웃음 어린 시선으로 바라보았다.

"그 웃음이 사라지게 해 주지."

"넌 자격이 없다."

스팟!

곽철의 검이 눈에 보이지도 않는 속도로 휘둘러졌다.

하지만 단천호는 움직이지 않았다.

곽철의 검은 단천호의 몸에 닿지 않고 그대로 허공을 갈랐다.

"강단은 있군. 물러서지 않다니."

단천호는 미소 지었다.

퍼억!

순간 단천호의 발이 곽철의 복부를 파고들었다.

"꺼억!"

곽철은 피하지 못하고 그대로 명치를 가격당하고는 새우처럼 몸을 꺾었다.

단천호는 곽철의 멱살을 틀어쥐었다.

"너는 조금 나은 놈이라고 생각했나?"

쾅!

단천호의 주먹이 곽철의 얼굴을 후려쳤다. 곽철의 입에서 이가 피와 뒤섞여 튕겨져 나갔다.

"틀렸어. 넌 앞의 놈들보다 더 못한 놈이야."

퍽!

단천호의 주먹이 다시금 곽철의 배를 파고들었다.

곽철은 검붉은 선지피를 한 바가지나 토해 내야 했다.

"낭인?"

쾅!

단천호의 주먹이 다시금 곽철의 얼굴을 후려쳤다.

"낭인이 왜 팽가의 호법이 되었지? 편안하게 살기 위해? 너는 낭인이라는 이름을 버린 순간 이미 패한 거야. 넌 성공했다고 생각했겠지만 네 인생은 패배한 거다. 넌 자신과의 싸움에서 진 거야."

혼미해지는 정신 속에서도 곽철은 필사적으로 부정했다.

어째서!

어째서 그것이 패배의 증거가 된다는 말인가!

그의 인생은 패자의 인생이 아니었다.

"낭인은 자신의 모든 것을 검에 건다. 돌아갈 곳을 마련한 그 순간, 낭인은 모든 것을 잃는 거지. 다시 태어나거든 끝까지 낭인으로 살라고."

퍼억!

그것이 마지막이었다.

단천호는 자신의 손에 묻은 피를 바라보았다.

마음에 들지 않는다. 과거 그와 싸웠던 정파의 본질이 이러한 것이었던가?

아니다.

적어도 모용세가의 영감이나 육문극 같은 자들은 정말로 강함을 위해 일생을 바친 자들이었다.

그런 자들에 비해서 이런 자들의 인생은 너무나도 하찮았다.

"이게 팽가인가?"

단천호의 목소리가 적호대의 귀를 울렸다.

"그렇다면 너무도 보잘것없군."

적호대주 팽문(彭門)의 얼굴이 딱딱하게 굳었다.

팽가는 결코 보잘것없는 곳이 아니다. 이제 그것을 그가 증명해야 했다.

"적호대!"

"충!"

"적을 주살하라!"

"충!"

단천호를 향해 이백의 적호대가 달려들기 시작했다.

단천호는 자신을 향해 다가오는 적호대를 바라보며 하얀 이를 드러내며 웃었다.

"그래, 그래야지. 그래야 조금은 재미있을 것 아냐."

단천호는 적호대를 향해 달려들었다.

유초는 단단히 굳은 얼굴로 침을 삼켰다.

객관적으로 본다면 유호대와 무쌍대, 정천대가 모두 합쳐도 적호대와의 승부를 장담하기가 어렵다고 할 것이다.

지금까지의 인식은 그것이 당연했다.

하지만 유호대와 무쌍대는 강해졌다.

그리고 지금 그것을 보여 줄 때다!

유초는 단천호가 한 말을 떠올렸다.

"유초."

"예!"

"너는 유호대만으로 적호대와 싸워서 이길 수 있다고 생각하나?"

유초는 고개를 저었다. 싸우게 된다면 물러서지 않겠지

만 그는 현실을 인정할 수 있는 자였다.

"필패입니다."

"잘 아는군."

단천호는 차가운 눈으로 유초를 바라보았다.

"그게 지금 유호대의 현실이다. 유호대는 팽가의 한 개 대조차 감당할 수 없다."

유초는 고개를 숙였다.

강해졌다.

정말 많이 강해졌다.

하지만 아직 너무나도 많이 부족했다.

"시간이 좀 더 있었으면 하고 생각하고 있나? 강호에는 그런 것이 없다. 그때, 그때 할 수 있는 최선을 다해 싸워야지. 내가 지금까지 너희에게 가르친 것이 바로 그런 것이다."

"예."

단천호는 가만히 유초와 유호대, 그리고 무쌍대를 바라보았다.

"너희는 이길 수 없다."

"……"

모두가 침묵했다.

항변조차 할 수 없는 실력의 차이.

팽가와 단가장에는 그것이 존재했다.

"하지만."

단천호는 미소를 지었다.

"내가 이기게 해 주겠다."

"……?"

"그리고 그렇게 이겨 가다 보면 언젠가는 내가 없이도 이기게 될 것이다."

유초는 단천호의 말을 정확하게 이해할 수 없었다.

단천호도 그것을 바라는 것 같지는 않았다.

"그때까지 잘 봐 두도록 해라. 나의 전투를."

단천호가 적호대에 달려들자 유초는 크게 소리쳤다.

"주군의 뒤를 따르라!"

"충!"

지금은 아무것도 생각할 필요가 없었다.

그가 배운 것은 하나다.

온신경을 집중하여 전투가 끝날 때까지 도를 휘두르고 또 휘두른다.

그것이 전부였다.

그리고 또 하나.

그가 싸워야 할 곳은 단천호의 곁이다.

유초는 전력을 다해 단천호의 뒤를 따랐다.

그리고 상상조차 할 수 없는 일이 눈앞에서 펼쳐지기

시작했다.

콰콰콰콰쾅!

천붕지음이 터져 나왔다.

유초는 화탄이 터진 줄 알았다. 그게 아니라면 어디선가 산사태라도 났다고 생각했다.

그러나 그 소리는 화탄이 아니었다. 단천호의 손에서 뿜어져 나간 새하얀 빛 덩어리가 터져 나가는 소리였다.

빛이 터지며 사방을 휘감는다.

그 빛에 휘말린 자들은 하나같이 육편이 되어 허공을 피 분수로 자욱이 물들였다.

놀란 것은 유초뿐이 아닌 모양이다.

유초의 눈에는 겁에 질린 적들의 모습이 똑똑히 들어왔다.

그리고 그들의 얼굴에 새하얀 손의 궤적이 겹쳐졌다. 새하얗게 물든 단천호의 손은 모든 것을 찢어발겼다.

가른다거나 벤다는 말은 어울리지 않았다.

그것은 마치 짐승의 발톱처럼 모든 것을 찢어 냈다.

도와 부딪치면 도가 찢어졌고, 몸과 부딪치면 몸이 찢어졌다.

초식이라고 할 것이 아니었다.

그저 휘두르기일 뿐인 것에 모든 것이 찢겨 나갔다.

한 번에 수십 자루의 도가 단천호의 몸을 향해 떨어졌다.

누구라도 그 광경에는 입을 벌리고 눈을 크게 뜰 것이다.

검붉은 도기가 어린 수십 자루의 도들이 한 사람을 향해 날아든다.

그 앞에서는 대라신선이라고 해도 살아남지 못할 것 같았다.

하지만 그 모든 것이 단천호의 앞에서는 부질없었다.

검고 하얀 수영들이 하늘을 가득 메운다.

수영들은 서로 얽혀 들며 세상의 어떤 것들이라도 막아낼 것 같은 거대한 벽을 형성했다.

그리고 그 벽에 부딪힌 도들은 튕겨 나가다 못해 그대로 부러져 버렸다.

단천호의 손이 좌우로 벌어지자 벽을 형성했던 기운들이 그대로 터져 나갔다.

폭발의 여파에 휘말린 자들이 또다시 혈구가 되어 허공을 날았다.

단천호의 손은 거칠 것 없이 전장을 누볐고, 그 앞에 선 자들은 사신의 낫을 기다리는 자들처럼 무력하게만 보였다.

한 번의 휘두름에 하나가 아닌 여럿의 목이 하늘을 날았다.

비현실적인 광경.

차라리 이곳이 지옥의 어느 끄트머리라면 믿을 수 있을 듯한 모습이었다.

전장을 수놓는 피 안개.

그리고 그 안개를 뚫고 전진하는 하나의 인영.

장판파에서 조운이 보였다는 모습도 저 앞에 가져다 대면 어린아이와 다름없을 것이다.

유초는 차라리 눈을 감고 싶었다.

너무도 끔찍한 살육의 모습. 그것을 참아 내는 것은 쉽지 않은 일이었다.

하지만 유초는 눈을 감는 대신에 고함을 질렀다.

"으아아아아아아!"

머릿속에서 뭔가 계속 터져 나가는 기분이었다.

전신의 피가 거꾸로 치솟았다.

지금, 그의 눈앞에 전신(戰神)이 있다.

인간의 몸으로 강림한 전신이 유초의 눈앞에 있었다.

그리고 유초는 감히 그 전신과 함께 싸울 수 있는 자격을 가지고 있었다.

벅찬 환희.

유초는 자신의 몸을 타고 흐르는 격정에 모든 것을 맡겼다.

단천호가 만들어 낸 피의 길을 유초가 따라 걸었다.

보이는 모든 것을 가르고 베며 유초는 필사적으로 단천호의 뒤를 쫓았다.

'비켜라!'

눈앞을 막는 자들이 증오스럽다.

'나는 가야 한다.'

결코 뒤처져서는 안 된다.

저기!

바로 앞에 나의 주군이 있다.

유초는 단천호의 등을 보며 모든 것을 내던졌다.

어느새 전신을 진득한 피로 적신 단천호의 뒷모습이 보였다.

무적이란 말이 있다면, 바로 지금의 단천호를 위해 준비된 말일 것이다.

사방에서 쉴 새 없이 새하얀 빛무리가 터져 나갔고, 피와 육편이 끊임없이 하늘로 솟아올랐다.

그 모든 모습이 유초의 눈에 너무도 선명히 들어왔다.

이것이……

이것이 단천호의 전투.

세상의 모든 것이 천천히 흐르는 것만 같았다.

떨어지는 핏방울 하나하나.

공포에 질린 채 필사적으로 단천호에게서 멀어지려고 하는 적호대원의 얼굴 표정.

너무도 비현실적이며 동시에 현실의 극치를 달리는 모습은 경극의 한 장면 같았다.

유초의 도가 휘둘러진다.

눈앞을 막는 모든 것을 가른다.

자신에게 도를 휘두르는 자의 얼굴 표정이 보였다.

공포에 질린 얼굴.

그는 무엇을 본 것일까?

유초처럼 등을 보고 달리는 자가 아니라, 반대편에서 단천호의 전진을 보아야 했던 자들은 대체 무엇을 보았을까?

유초의 도가 그자의 목을 갈랐다.

피가 분수처럼 뿜어져 나오는 것이 생생히 보인다.

유초는 고함쳤다!

"유! 호! 대!"

그리고 대답 소리 또한 거대하게 울려 퍼졌다!

"추웅!"

"주군의 뒤를 죽어도 놓치지 마라!"

"충!"

유초의 검에 어린 새파란 도기가 허공을 갈랐다.

하늘을 뒤덮은 혈우가 모든 것을 가렸다.

단천호의 등은 너무나도 거대해서 유초는 결코 놓칠 수 없었다.

따른다.

그 의식만이 유초의 머리를 가득 채웠다.

그리고, 정신을 차렸을 때는 유호대와 무쌍대만이 피의 바다 위에 서 있었다.

단천호의 등이 보인다.

피에 젖은 등.

그 등이 숨도 쉬지 못할 압박감으로 유초를 내리눌렀다.

흥분으로 덜덜 떨리는 손이 유초의 정신을 일깨웠다.

단천호가 천천히 몸을 뒤로 돌렸다. 그의 몸은 전신이 피로 뒤덮여 있었다.

모든 것이 붉었다.

붉지 않은 곳은 오로지 한 곳. 검은 단천호의 눈동자뿐이었다.

그리고 또 한 곳.

새하얀 단천호의 이가 드러났다.

단천호는 온몸에 피를 뒤집어쓰고 그렇게 웃었다.

"괜찮았나?"

단천호의 물음에 유초는 피식 웃었다.

괜찮았냐구요?

그걸 물은 겁니까?

빌어먹을!

최고였습니다.

끔찍하게 최고였다구요.

유초는 정신을 잃어버렸다.

"유호대 총원 오십! 사망 무! 중상 십! 경상 십오! 이상입니다!"

"무쌍대 총원 사십! 사망 일! 중상 칠! 경상 십일! 이상입니다!"

단천호는 고개를 끄덕였다.

"좋군."

모두의 얼굴에 벅찬 환희가 새겨졌다.

단천호는 자리에서 일어나 말했다.

"너희는 오늘 승리했다."

모두들 아무 말없이 단천호를 바라보았다.

"승리에는 어떠한 말도 필요하지 않다. 먹어라. 그리고 마셔라. 오늘의 승리를 자축하고 평생토록 기억해라!"

"우와아아아아!"

"단가장 만세!"

"주군 만세!"

단천호는 양손에 들고 있던 술을 그들의 머리 위에 뿌렸다.

이내 주루 전체가 난장판이 되어 갔다.

그리고 분위기가 무르익자 단천호는 슬쩍 자리에서 빠

져나와 방으로 올라갔다.

"흐음."

단천호는 옷도 벗지 않은 채로 침상에 몸을 뉘었다.

전신이 물먹은 솜처럼 무거웠다.

손실된 내공이야 운기 한 번이면 날아갈 가벼운 것이지만 전투 뒤에는 언제나 끔찍한 피로가 뒤따랐다.

단천호는 그것을 피의 무게라 불렀다.

그리고 오늘은 그게 특히 심한 느낌이었다.

예전 창천수호대와 싸웠을 때도 느낀 것이지만 광천수라마공의 색이 옅어진 단천호는 과거와 같이 피에 둔감할 수가 없었다.

하지만 주저해서는 안 된다.

그의 상대는 오대세가 따위가 아닌 것이다.

혈천.

그리고 혈선.

그들은 아직 단천호의 존재를 눈치채지 못했을 것이다.

그러므로 승산은 단천호에게 있었다.

그의 전투는 과거와 달라진 것이 없었다. 하지만 그의 뒤를 따르는 자들은 분명 과거와는 달랐다.

과거에는 강함만이 모든 것이라 생각했다.

그리고 지금도 그 생각은 크게 달라지지 않았다.

하지만……

사망 일.

그 말이 너무나도 아프게 박혀 왔다.

단천호는 깨달았다. 이제 자신은 광천마가 아니다. 절대로 광천마가 될 수 없는 것이다.

단천호는 창밖을 바라보았다.

한때는 밤하늘이 아름답다는 것도 모르고 살았었다.

그런데 적어도 이제는……

단천호는 자리에서 벌떡 일어났다.

무심코 보고 있었던 밤하늘에 검은 인영이 눈에 띄지 않게 날아가는 것이 보였다.

단천호는 전율에 가까운 느낌을 받았다.

'뭐지?'

단천호는 창밖으로 몸을 날렸다.

검은 인영은 이미 단천호의 시야를 벗어난 곳에서 경공을 펼치고 있었다.

단천호는 인영이 몸을 날린 방향으로 경공을 전개했다.

'뭔가 있다.'

오대세가의 밀정? 그렇다고 보기에는 경공이 너무 뛰어났다.

이런 경우는 뒤를 잡아 두면 도움이 될 가능성이 높았다.

게다가…….

'낯이 익어.'

스쳐 가듯 본 것뿐이지만 분명 어디선가 본 듯한 자였다. 확실히 떠오르지는 않지만 분명 익숙한 느낌이 났다.

인영의 뒤를 쫓던 단천호는 어느새 자신이 거의 전력으로 경공을 전개하고 있다는 사실을 깨달았다.

'고수.'

무척이나 무위가 높은 자였다.

단천호가 다른 무공에 비해서 경공에 조예가 높지 않은 것은 사실이지만 자신과 비슷하게 달릴 수 있는 고수는 흔하지 않았다.

게다가 저자가 지금 전력으로 달리고 있다는 보장도 없지 않은가?

그렇다면 적어도 경공만큼은 단천호보다 빠르다는 말이 된다.

'생각해라. 생각해라. 단천호. 내가 본 자들 중에 이 정도의 무위를 보일 수 있는 자가 누가 있지? 의천맹주와 연극쌍. 연극쌍은 아니다. 연극쌍이라기에는 체구가 너무 가늘어. 게다가 연극쌍은 지금 병석에 누워 있을 것이다. 그렇다면 의천맹주? 의천맹주가 이런 일을 할 필요가 있나? 아닐 것이다. 그렇다면 누구지?'

두 번째 생을 살면서 그가 만난 최고의 강자는 단연 의천맹주였다.

그가 만난 자 중에 의천맹주가 아니라면 이 정도의 경

공을 보이는 것은 결코 쉽지 않으리라.

'두 번째? 잠깐…… 꼭 두 번째 삶에서 본 자라는 법은
없지. 사람의 모습은 무의식에 남으니까.'

단천호는 고민을 계속하면서 자취를 쫓았다.

얼마 가지 않아서 단천호는 검은 인영의 모습을 발견할
수 있었다.

선명하게 보이는 뒷모습.

'누구지?'

단천호는 조금 더 속력을 높였다.

조금만 더 가까이에서 보면 의문이 풀릴 것 같았다.

'조금만 더.'

그때였다.

경공을 전개하던 인영이 갑자기 그 자리에 멈춰 섰다.

'들켰나.'

인영이 몸을 돌렸다. 그리고 정확히 단천호가 있는 곳
을 바라보았다.

단천호는 숨는 것은 의미가 없다고 생각하고 그 앞에
내려섰다.

검은 피풍의로 몸을 꽁꽁 싸맨 인영은 얼굴에도 검은
복면을 하고 있었다.

"누구냐?"

검은 인영이 단천호에게 물었다.

'들어 본 목소리다. 분명 들어 본 목소리야. 어디서 들었지? 분명 낯이 익은데.'

단천호의 시선이 인영의 모습을 낱낱이 살폈다. 하지만 특징적인 모습은 전혀 보이지 않았다.

정체를 알 수 없다면 쓰러뜨리고 알아내면 된다. 아니, 무공을 섞는 것만으로도 대충의 내력은 알아낼 수 있을 것이다.

"단천호로군. 멍청한 놈. 굳이 여기까지 쫓아와서 죽음을 재촉하다니."

단천호를 알고 있다.

그렇다면 검은 인영의 목적은 분명 단가장이거나 단천호 자신이었을 것이다.

"죽이기 전에 하나 물어보지. 몇 달 전의 너는 분명 꼬마 아이에 불과했는데 그사이에 무슨 일이 있었던 거지? 아무리 역혈지체라고 해도 이건 좀 심하지 않나?"

"뭐?"

단천호의 몸에 소름이 돋았다.

자신을 알고 있다. 지금이 아닌 탈태 전의 자신을 알고 있다.

그렇다는 말은 단천호가 두 번째 인생을 살면서 만났던 고수는 아니라는 말이다. 그들은 단천호의 성장한 모습밖에 보지 못했으니까.

"분명 탈태를 할 내공을 모을 수 없었을 텐데? 이상하군."

"넌…… 대체 누구지?"

단천호는 자신도 모르게 대답해 줄 리 없는 말을 묻고 말았다.

저자는 자신에 대해서 너무 많은 것을 알고 있었다.

"알 것 없다. 넌 이미 계획에서 제외되었다. 나중에 방해가 될 것이라면 여기서 죽이는 것도 괜찮지."

"누가 죽을지는 모르겠지만…… 아니, 난 널 살려 두겠다. 알아봐야 할 것이 조금 있거든."

검은 인영은 더 이상의 말은 시간 낭비라고 생각했는지 피풍의에 가려진 두 손을 들었다.

"수공인가. 미안하군. 그쪽이라면 내가 위다."

단천호는 자신만만하게 외치며 겁천수를 운용했다.

새하얗게 물든 단천호의 손이 섬전과도 같이 검은 인영에게 날아들었다.

카카캉!

단천호의 손과 검은 인영의 손이 마주치면서 쇳소리가 터져 나왔다.

예상 못한 반동에 놀란 단천호가 뒤로 물러섰다.

그리고 단천호는 보았다.

마치 칠흑과도 같이 검게 물든 인영의 손을.

단천호가 아는 바대로라면 천하에 저런 형식을 띠는 무공은 하나밖에 없었다.

"흑…… 혈…… 수……."

단천호의 심장이 뛰기 시작했다.

천천히 뛰던 단천호의 심장이 일순간 터져 나갈 듯 미친 듯이 요동쳤다.

그의 심장도 알고 있는 것이다.

저 손이다.

검게 물든 저 손이다.

바로 저 손이, 지난 삶에서의 단천호의 심장을 꿰뚫었다.

"크하하하하하핫! 크하하하핫! 흑혈수! 흑혈수로군! 크하하하하핫!"

단천호는 잔뜩 핏발이 선 눈으로 미친 듯이 웃어 젖혔다.

"흑혈수를 알고 있나? 이상하군."

"크하하핫! 아니, 흑혈수뿐만 아니다. 난 네가 누군지도 알고 있지. 잔혼마제."

"이해할 수 없군."

잔혼마제는 몸을 둘러싸고 있던 피풍의를 벗어던지고 얼굴을 감쌌던 복면을 벗었다.

너무나도 낯익은 얼굴이 단천호 앞에 드러났다.

한때는 그의 스승이었던 자.

그리고 그의 부하였던 자.

그리고 그를 배신하고 죽인 자.

"이렇게 쉽게 만나게 될 거라고는 상상조차 못 했지. 이렇게 빨리 네놈의 심장을 뜯게 될 거라고는 정말 상상도 하지 못했다."

"너는 나를 무척 잘 알고 있는 것처럼 말하는군."

"알지! 알아! 잔혼마제. 빌어먹을 나는 네놈의 얼굴을 꿈에서조차 잊지 못했다."

잔혼마제는 고개를 갸웃거리며 연신 단천호의 얼굴을 쳐다보았다.

"네가 내가 알고 있는 단천호가 맞는 건가?"

"물론 나는 단천호다. 나 이외에 누가 너를 이토록이나 그리워했겠나? 분명한 것은 나는 네놈을 무척이나 잘 알고 있다는 것이지."

"어디서 정보가 샜는지 모르겠군. 상관없다. 너는 여기서 살아 돌아가지 못한다."

"크하하핫. 오제 전부가 있는 것도 아니고, 너 혼자서 나를 감당하겠다고? 웃기는군."

"오제까지 알고 있나? 아니, 아니지. 나를 알고 있다면 오제는 당연히 알고 있겠지."

단천호는 양손에 접천수를 끌어올렸다.

"하나하나 자세하게 설명해 주고 싶지만 나는 꽤나 성

격이 급해서 말이다. 도무지 더 이상은 네놈을 보고 참을 수가 없거든."

"동감이군. 자세한 것은 네놈의 몸에 직접 물어보도록 하지."

단천호는 광포한 기세로 잔혼마제에게 달려들었다.

이 순간을 그는 항상 꿈꿔 왔다.

그의 손으로 잔혼마제를 갈기갈기 찢어 복수를 하는 꿈을.

심장에 손이 파고드는 느낌이 어떤지 잔혼마제에게도 알려 줄 것이다.

잔혼마제의 흑혈수와 단천호의 겁천수가 정면으로 얽혀들었다.

카드드득!

괴이한 소음과 함께 단천호와 잔혼마제의 손가락이 서로의 손을 조여들었다.

"크윽!"

그러나 이 충돌에서 손해를 본 것은 단천호였다.

단천호는 재빨리 얽혀든 손가락을 풀며 뒤로 물러났다.

이해할 수 없는 일이었다.

과거 광천마이던 시절의 혈마수도 잔혼마제의 흑혈수를 압도했었다.

그런데 지금의 겁천수가 잔혼마제의 흑혈수와 맞붙어서

밀린다?

잔혼마제는 경이 어린 눈으로 단천호를 노려보았다.

"네놈은 도대체 누구냐? 네가 단천호일 리가 없다. 단천호는 불과 일 년 전만 해도 무공조차 익히지 못했던 어린애였다."

단천호는 의문이 많았지만 분노가 의문을 뒤덮어 버렸다.

단천호는 겁천수를 최대로 끌어올렸다.

"궁금한 건 지옥에 가서 물어봐라!"

단천호의 겁천수가 맹렬하게 잔혼마제를 덮쳐 갔다.

"흥!"

잔혼마제의 흑혈수 역시 더욱 강맹한 기세로 단천호의 손을 맞받아 갔다.

콰쾅!

거대한 폭음이 터지며 단천호와 잔혼마제 둘 다 다섯 걸음 이상 뒤로 밀려났다.

'이럴 수가!'

상대의 무공에 놀란 것은 서로가 마찬가지였다.

단천호는 분명 자신이 배는 강할 터인데 동수를 이루었다는 사실에 경악했고, 잔혼마제는 의천맹주조차 찢어발길 수 있다고 생각했던 자신의 흑혈수가 단천호와 동수를 이루었다는 사실에 경악했다.

"넌 정말 위험한 놈이군."

잔혼마제의 눈이 차갑게 빛났다.

오히려 더 냉정하게 변한 잔혼마제와는 다르게 단천호는 분노로 미칠 것 같은 심정이었다.

원수가 눈앞에 있다.

상상으로는 수천 번도 더 죽였을 원수가 눈앞에 있다.

그런데 단천호는 그 원수와 겨우 동수를 이루고 있었다.

"승부를 내고 싶지만……."

잔혼마제는 슬쩍 뒤로 물러났다.

"일단은 물러간다. 기다려라. 내가 다시 너를 찾을 테니."

잔혼마제는 그 말을 남기고 허공으로 몸을 띄웠다.

물론 단천호는 잔혼마제가 빠져나가도록 순순히 허락해 줄 수 없었다.

"거기 서라! 이 개자식아!!"

"이건 선물이다."

잔혼마제의 손이 이제와는 다른 색으로 물들기 시작했다.

우수는 예전과 같은 검은색이었지만 좌수는 희게 빛나는 것이다.

'저, 저건!'

건곤벽(乾坤劈)

건곤합일(乾坤合一)

잔혼마제의 손에서 뿜어져 나온 건곤합일이 단천호를
향해 날아들었다.

단천호의 양손에 광륜이 어렸다.

우수의 광륜은 건곤합일을 향해 날아가고, 좌수의 광륜
은 달아나는 잔혼마제를 향해 날아갔다.

콰콰콰쾅!

그리고 거대한 폭발이 일어났다.

폭발이 끝난 자리에는 단천호 혼자 멍하니 서 있었다.

바닥에 점점이 떨어져 있는 핏방울만이 잔혼마제가 이
곳에 있었다는 사실을 증명해 주고 있었다.

"으아아아아아아아!"

단천호는 분노를 참지 못하고 괴성을 질렀다.

원수가 눈앞에 있었는데 복수를 하지 못했다.

그것뿐 아니라 거의 철저하게 농락당했다.

왜!

왜 이런 일이 벌어진 것인가?

잔혼마제는 분명 건곤벽을 알지 못했다.

그런데 어떻게 건곤합일을 쓴 것인가?

혈선이 전수를 했다고 해서 그 짧은 시간에 건곤벽을

저렇게 펼칠 수 있는가?

단천호가 다시 태어난 그 순간부터 모든 것이 뒤틀렸다고 해도 절대 말이 되지 않는 상황이었다.

어떻게 이런 일이 벌어질 수 있는가!

"대체……."

단천호는 넋을 잃은 듯 중얼거렸다.

모든 것이 혼란스럽기 그지없다.

하지만 단 한 가지는 확실했다.

지금까지의 그의 삶이 순탄한 것과는 달리, 앞으로의 그의 삶은 결코 지금처럼 순탄하지 못하리란 것.

움켜쥔 단천호의 주먹에서 피가 흘러내렸다.

"마의 하늘을 뵙습니다."

잔혼마제는 머리를 바닥에 찧는 것으로 혈선에 대한 공경을 표했다.

주렴 안에서 나지막한 음성이 들려왔다.

"다쳤구나."

잔혼마제의 우수는 갈기갈기 찢겨 곳곳에 뼈가 드러나 있었다.

잔혼마제는 송구스럽다는 듯 머리를 땅에 박았다.

"죽여 주십시오!"

"누구냐."

"단천호입니다."

"단천호?"

"예."

주렴 안에서는 한동안 말이 들려오지 않았다.

"설명하라."

이윽고 명이 떨어지자 잔혼마제는 자신이 겪은 것을 소상히 말하기 시작했다.

"……그래서 도주하였습니다. 마지막에 그 무공을 피하지 못했다면 이곳에 올 수 없었을지도 모릅니다."

"재미있군."

나지막한 웃음소리가 대전을 천천히 울렸다.

잔혼마제는 바닥에 머리를 박은 채 혈선의 다음 말이 떨어지기를 기다렸다.

"그는 어찌하고 있느냐?"

"남궁의룡 말씀이십니까? 그는 지금 마련동(魔練洞)에 들어 수련을 하고 있습니다. 아주 빠른 성취입니다. 이대로라면 십 년 내에 저를 앞지를 것입니다."

"늦다."

"죽여 주십시오."

잔혼마제는 다시금 땅에 머리를 박았다.

"천혈광마대법을 허락한다."

"말씀 받듭니다."

"혈마단의 수량을 올해 안에 모두 채워라."

"미천한 수하가 감히 한 말씀 올리겠습니다. 혈마단의
제조 수량을 올린다면 우리의 움직임을 다른 곳에서 알아
챌 수도 있습니다."

"상관없다."

"알겠습니다."

주렴 안의 그림자는 잠시 생각에 잠기는 듯하더니 잔혼
마제에게 명을 내렸다.

"상황이 달라지고 있다. 계획을 앞당긴다. 차질 없이
진행하도록."

"모든 것이 혈선의 뜻대로 이루어질 것입니다."

"다른 것은?"

잔혼마제는 신중히 생각을 정리하더니 머리를 박으며
입을 열었다.

"남궁의룡은 그가 과거에 쓰던 이름. 혈천에서는 새로
운 이름이 필요한 것으로 압니다."

"새로운 이름이라……."

혈선은 잠시의 시간이 흐른 뒤 입을 열었다.

"파천마(破天魔). 파천마가 좋겠군. 그에게 적당한 이름
이지."

"그리고…… 단천호에 대한 것은……."

"보류한다."

"감히 한 말씀 올리겠습니다. 그는 분명 대계에 심대한 타격을 줄 것입니다. 지금이라도 당장 제거하는 것이……."

"보류한다."

"……말씀 받듭니다."

"더 할 말이 없다면 나가 보도록."

"보중하십시오."

잔혼마제는 그 말을 끝으로 대전을 빠져나갔다.

주렴에 비친 혈선의 그림자가 일렁이는 촛불을 따라 천천히 흔들렸다.

나지막히 들려오는 웃음소리가 그림자와 함께 일렁이고 있었다.

〈『역천도』 4권에서 계속〉

역 천 도

1판 1쇄 찍음 2010년 4월 2일
1판 1쇄 펴냄 2010년 4월 6일

지은이 | 바 가
펴낸이 | 정 필
펴낸곳 | 도서출판 **뿔미디어**

기획 | 이주현, 한성재
편집책임 | 장상수
편집 | 권지영, 심재영, 조주영, 주종숙
관리, 영업 | 김미영

출력 | 예컴
본문, 표지 인쇄 | 광문인쇄소
제본 | 성보제책사

출판등록 | 2002년 9월 11일 (제1081-1-132호)
주소 | 부천시 원미구 중3동 1058-2 중동프라자 402호 (우)420-849
전화 | 032)651-6513 / 팩스 032)651-6094
E-mail | BBULMEDIA@paran.com

값 8,000원

ISBN 978-89-6359-339-5 04810
ISBN 978-89-6359-315-9 04810 (세트)